Ça Commence Aujourd'hui

Ça Commence Aujourd'hui

Avec FAUSTINE BOLLAERT

Avec la collaboration

d'IRÈNE GALLOIS pour les témoignages

Harper
Collins

HARPERCOLLINS FRANCE
83-85, boulevard Vincent-Auriol, 75646 PARIS CEDEX 13
Tél. : 01 42 16 63 63

www.harpercollins.fr

ISBN 979-1-0339-1333-7

À nos invités qui nous font confiance.

Sommaire

Préface de Faustine Bollaert

Sa main est moite. Son regard est embué, je prends une claque et je suis moi-même submergée par l'émotion. Mes larmes coulent à l'intérieur mais je sais que, si je perds le contrôle, mon invité lâchera prise également et ne parviendra pas à finir son récit. Je lui ai promis avant le générique que je lui insufflerais ma force, que je serais mot pour mot son « parachute » en cas de tsunami de sentiments. De quel droit m'effondrerais-je devant ce couple qui vient de perdre un enfant ou devant ce jeune garçon venu m'expliquer ses années d'errance car né fille ? À ce moment précis où moi-même je me sens vaciller et profondément bouleversée, comme vous devant votre écran, je suis une funambule. Une seconde de trop, et l'émotion deviendra impudique ; une seconde de moins, et le message, souvent moteur de la présence de mes invités, ne passera pas.

Je cherche alors souvent le soutien de ceux qui nous entourent. Car telle est la force de « Ça Commence Aujourd'hui » : créer du lien entre les femmes et les hommes présents sur le plateau et la même communion avec ceux qui nous regardent. Bâtir un cercle vertueux de réflexion autour de notre société, viser la compréhension de l'autre et l'acceptation de nos différences. À travers une parole touchante et sincère, à travers des sourires, et des fous rires parfois aussi, chercher à susciter des mouvements intérieurs chez les téléspectateurs, faire bouger les lignes, ouvrir des débats ou rassembler. Quand cet homme atteint d'une paralysie cérébrale se retourne vers des parents portant un bébé atteint du même handicap pour leur prouver, par sa simple présence, que celui-ci a un avenir, je laisse la grâce de la rencontre se faire. Je sais que notre mission est là. Quand je vois ce jeune toxicomane promettre qu'il ne touchera plus à la drogue à cette jeune maman qui a perdu son fils du même mal, je ne suis plus animatrice. Je suis comme vous : une mère, une sœur, une amie, qui m'incline devant la lumière de l'instant. Et je sais que nous sommes transportés, ensemble. Je ne suis qu'une passeuse d'émotions, qu'elles soient heureuses ou plus sombres, et je me suis fait un devoir sincère de porter ces leçons de vie à l'écran.

Depuis 2017, « Ça Commence Aujourd'hui » a reçu plus de 4 000 invités. Depuis le lancement de ce rendez-vous quotidien, j'ai donc eu le privilège d'écouter des milliers d'histoires. Chaque rencontre, chaque regard, chaque accolade échangée a été pour moi absolument unique et a contribué à me construire, bien au-delà de mon rôle d'animatrice.

Et c'est avec cette idée en tête que toute l'équipe a choisi de revenir dans ces pages sur des témoignages qui incarnent notre « raison d'être ». Qu'il a été difficile de les choisir ! Par la singularité de leur récit, par leur humour, par les valeurs véhiculées dans leurs discours, par ce qu'ils racontent de nos peurs, de leur courage aussi, ces invités nous ont touchés au cœur. Ils nous parlent de notre société et de son besoin de se remettre en question. Nous sommes fiers d'avoir pu leur donner la parole.

Au regard de tous les messages que je reçois sur les réseaux sociaux, j'ai parfaitement conscience de l'impact que peut avoir ce programme sur vos vies. Je ne compte plus ceux d'entre vous qui m'écrivent pour m'expliquer que tel témoignage les a fait réagir, rebondir, parler enfin, porter plainte parfois. Ce livre est aussi une manière de rendre hommage à tous ceux d'entre vous que nos invités ont inspirés, ceux à qui ils ont donné des ailes.

Permettez-moi d'associer à ce texte les équipes de Réservoir Prod, notre productrice, Stéphanie Guérin à l'initiative de ce recueil, accompagnée par ses journalistes, rédacteurs en chef, et toute l'équipe qui construisent ces rencontres uniques avec tant de cœur et d'implication. Tout comme nos experts Natacha, Florian, Laurent, Marc, Christelle et Florence. Je me permets de les appeler par leur prénom car nous faisons partie d'une même famille, et nous partageons ensemble ces tranches de vie qui changent notre regard sur le monde. C'est une chance d'être accueillie par France Télévisions. Représenter le service public donne du sens à ce que nous véhiculons.

J'espère que cet ouvrage sera le premier d'une longue série, qu'il survivra même à l'émission. Nous le devons à nos invités.

Je souhaite surtout profondément que nous continuions à nous tenir la main. En conscience.

Je vous embrasse avec toute ma tendresse.

Valentine

Sa vie a commencé dans la rue

Émission du 4 janvier 2021

Octobre 2001, Quiéry-la-Motte (Pas-de-Calais). Alors qu'il promène son chien, un homme fait une étrange découverte au détour d'un chemin : emmitouflé dans un drap, un nourrisson, âgé de quelques heures…

Dix-huit ans plus tard, le nourrisson est devenu une belle jeune femme. Elle s'appelle Valentine. Sur le plateau de « Ça Commence Aujourd'hui », elle a souhaité partager son histoire extraordinaire : le récit déchirant d'un abandon, une enquête palpitante sur les traces de ses origines, une ode à l'amour de ses parents.

21 octobre 2001

Comme tous les matins, vers 9 heures, Maurice sort se promener avec son chien. Alors qu'il emprunte un sentier de terre à l'écart du village, il aperçoit au loin un homme âgé d'une vingtaine d'années qui dépose un sac-poubelle orange au bord du chemin. Il n'y prête pas vraiment attention – il y a beaucoup d'ordures dans ce sentier qui s'apparente à une décharge sauvage –, poursuit sa promenade et rentre à son domicile.

Mais, depuis cette promenade, son chien est surexcité, il ne cesse de gémir devant la porte. Maurice décide donc d'avancer la balade de l'après-midi. À peine sorti de la maison, le chien file à toute allure et le conduit sur les pas de leur promenade du matin. Remuant la queue et aboyant, il se plante devant le paquet orange qui y a été laissé quelques heures plus tôt. Maurice s'approche. Il ne s'agit pas d'un sac-poubelle mais d'un drap-housse posé sur un tas de carrelage. À l'intérieur du drap, il découvre un minuscule bébé, vêtu d'une simple couche. Le petit être remue, il est vivant…

Maurice est sous le choc. Il est 16 heures. Depuis ce matin, ce petit bébé est resté seul sur ce chemin désert alors qu'il fait 10 degrés... Il appelle un ami puis prévient les secours. Pompiers et gendarmes débarquent, et tout ce petit monde se replie au chaud, dans le bar-tabac du coin, pour remplir la déposition et dispenser les premiers soins au nourrisson. C'est une fille, vraisemblablement âgée de quelques heures. Son cordon ombilical a été suturé avec du fil blanc. Danny, la gérante du bar, est une maman ; son cœur fond pour ce petit être si vulnérable. Dans ses bras, le bébé reçoit pour la première fois de la tendresse maternelle. Mais soudain son petit visage bleuit. Danny n'a pas perdu ses réflexes de mère, elle soulève le bébé, lui tapote doucement le dos... le nourrisson régurgite sur elle. Ouf, il s'agissait seulement des glaires du nouveau-né. Tout le monde reprend son souffle.

La déposition est remplie. Arraché aux bras de Danny, le bébé est conduit à l'hôpital d'Arras. Miracle : il se porte comme un charme !

L'affaire du bébé trouvé a mis tout le village en émoi, elle a fait la une de la presse locale. Mais, depuis lors, nul ne sait ce qui est arrivé à la petite fille, confidentialité oblige. Les années ont passé. Pourtant les habitants de Quiéry-la-Motte n'ont pas oublié...

Le plus beau jour de leur vie

Voilà cinq années que Denis et Fabienne se sont lancés dans une procédure d'adoption. Cinq longues années à attendre, à espérer et désespérer. Puis, un soir d'hiver, le 19 décembre, un appel : c'est le directeur de la Ddass. Une petite fille, âgée de deux mois, les attend à la pouponnière de Dainville. Dès le lendemain, le couple se précipite sur place. En larmes, ils rencontrent leur enfant, une créature aussi minuscule que parfaite dont ils tombent aussitôt fous d'amour. C'est un moment magique, le plus beau cadeau de Noël que l'on puisse imaginer… Dès le 27 décembre, l'adoption est actée. Le bébé, *leur* bébé, s'appellera Valentine.

Au côté de ses parents, Valentine mène une enfance paisible. C'est une petite fille très souriante et malicieuse. Enfant désirée par-dessus tout, fille unique, elle est choyée et très gâtée par tout l'entourage familial.

D'aussi loin qu'elle se souvienne, Valentine n'a jamais ignoré qu'elle était une enfant adoptée. Fabienne et Denis y tenaient ; à leurs yeux, il était très important qu'elle puisse s'approprier son histoire le plus tôt possible. Il y avait cet album que Fabienne lui lisait régulièrement, celui du petit lapin abandonné qui finit par trouver une maman. Les enfants ne sont pas idiots, Valentine avait très bien compris que ce petit lapin, c'était elle. Puis, quand elle a appris à lire, vers l'âge de six ans, ses parents lui ont montré les coupures de journaux.

Forcément, la fillette se pose des questions : *Pourquoi m'a-t-on abandonnée ? Est-ce que j'ai des frères et sœurs ?* Mais ces questions ne l'empêchent pas de s'épanouir. Tous les ans, la petite fille et ses parents se rendent à la pouponnière de Dainville pour saluer l'équipe, notamment Joëlle, qui a pris soin de Valentine les deux premiers mois de sa vie. Comblée d'amour, la fillette n'est pas en souffrance et ne tire aucune honte des circonstances si particulières de sa naissance. D'ailleurs, elle se confie volontiers à ses copines. En fait, elle se vit comme un peu spéciale et en éprouve même une certaine fierté. Elle est une survivante, une héroïne, un personnage de conte de fées.

Le temps des questions

Avec l'adolescence cependant, les questionnements se font plus pressants. *Pourquoi mes parents biologiques ne voulaient-ils pas de moi ?* Peut-être étaient-ils trop jeunes, sans argent, peut-être est-elle le fruit d'un viol. Il y a mille et une raisons qui peuvent pousser une mère à abandonner son enfant... ça, à la limite, elle peut le comprendre. Mais il y a quelque chose que Valentine ne digère pas : non seulement ses parents biologiques l'ont abandonnée mais, de toute évidence, ils ne l'ont pas jugée digne de vivre. Comment expliquer sinon qu'ils l'ont laissée sur le bord d'un chemin désert ? Comment peut-on faire ça à son propre bébé, la chair de sa chair ? Quid de l'instinct maternel dont on parle tant ?

Valentine rumine sans relâche. Faute de réponse, ses questions se transforment en rage puis en haine. Peu à peu, un basculement s'opère dans son esprit. *Si mes parents se sont débarrassés de moi, peut-être est-ce parce que je n'étais pas aimable ? Pourquoi n'ai-je pas su susciter cet amour inconditionnel prétendument universel ?* C'est une souffrance immense qui s'exprime, une souffrance qu'elle ne soupçonnait pas d'avoir en elle : celle du petit être qu'elle a été, désespérément seule dans le froid de l'automne... À présent, ce petit bébé a grandi et il a des comptes à régler, avec sa mère biologique, cette mère qui n'en a pas été une ! La colère de Valentine est d'autant plus violente qu'elle n'a pas la moindre information à son sujet. C'est une haine qui ne trouve pas son objet et qui, par conséquent, se déploie tous azimuts. Seule contre tous, elle en veut à la terre entière et c'est son entourage immédiat qui fait office de paratonnerre. Valentine devint très dure avec ses parents. Mal dans sa peau, elle pleure sans cesse, fait des crises d'angoisse et se renferme. Son adoption est devenue un sujet tabou.

La crise existentielle de Valentine dure environ une année, celle de ses seize ans. Ses parents tiennent bon, leur amour ne faiblit à aucun moment. Ils insistent pour qu'elle aille voir une psychologue spécialisée dans les adoptions. Grâce à ces séances et à son journal intime, la jeune fille obtient un peu d'apaisement.

Mais les questions demeurent.

Trouver des réponses

Dans les bribes d'histoires qu'elle a glanées à travers les articles de presse, il y a des zones d'ombre, des incohérences : Valentine a été abandonnée à l'écart du village, mais elle était quand même revêtue d'une couche. Tout semble indiquer qu'elle n'est pas née dans une maternité…

Valentine est âgée de dix-sept ans. Il est temps pour elle d'obtenir des réponses.

Avec l'appui de ses parents, elle fait une demande pour accéder à son dossier d'adoption. Sa requête est acceptée, elle pourra le consulter dans un délai de deux mois. En avril 2019, le grand jour arrive. Valentine croyait s'être préparée au pire, pourtant la déception qui la submerge en ouvrant le dossier est d'une violence inouïe : celui-ci est vide… Rien. Pas le moindre indice sur ses géniteurs. Découragée, elle abandonne ses recherches et sombre de nouveau dans la dépression.

Quelques mois plus tard, à l'occasion de ses dix-huit ans, elle se voit offrir une chienne, une adorable husky qu'elle prénomme Ollie… Cette chienne, c'est sa bouée de sauvetage, elle lui donne tout son amour et en reçoit en retour. Elle la promène, prend l'air avec elle, et retrouve peu à peu le sourire.

Cet anniversaire marque aussi un tournant majeur ; Valentine est entrée dans l'âge adulte. Elle sait qu'elle a besoin de réponses pour avancer dans sa vie et elle se sent enfin prête à reprendre son enquête. Cette fois, elle ne va pas perdre de temps. Elle va se rendre directement à Quiéry-la-Motte, là où tout a commencé…

Là où tout a commencé…

Nous sommes en décembre 2019. La meilleure amie de Valentine a tenu à l'accompagner dans ce périple hors norme. Les deux jeunes filles prennent la voiture et roulent une trentaine de kilomètres. Destination numéro un : le café dont parlent les articles de presse, le Seven. Elles pénètrent dans l'établissement, mais les gérants ont hélas changé. Valentine décide de faire du porte-à-porte. Dès la première maison, bingo ! Non seulement les habitants se souviennent très bien de l'histoire du bébé, mais ils connaissent l'homme qui l'a trouvé : il s'appelle Maurice, et il demeure à quelques mètres de là !

Valentine et son amie se rendent chez Maurice. La maison semble vide, les volets sont fermés… Sont-ils absents ? Oh non ! Si près du but, Valentine ne va pas se laisser décourager. Elle frappe à la porte du voisin et lui explique sa démarche. Celui-ci écarquille les yeux et s'empare aussitôt de son téléphone. « Maurice, assieds-toi bien, le bébé que t'a retrouvé, il est dans mon salon ! »

La femme de Maurice, Gisèle, accueille Valentine et la prend dans ses bras, puis c'est au tour de Maurice, un vieil homme âgé de quatre-vingt-un ans. Ce 3 octobre 2001 est resté gravé dans sa mémoire. C'est l'histoire de sa vie, et il n'a jamais oublié ce bébé. Gisèle et lui s'apprêtaient même à faire paraître une annonce dans *La Voix du Nord* pour savoir ce qu'il était devenu. Avec la réapparition de Valentine dix-huit ans plus tard, c'est comme si une boucle s'était bouclée. « Maintenant que je t'ai retrouvée, je peux mourir en paix », lui dit Maurice.

Valentine est bouleversée. Auprès de lui, elle obtient quelques détails supplémentaires sur les premières heures de sa vie.

Quand Valentine et son amie repassent devant le café une heure plus tard, il y a foule. Dans ce village de 700 âmes, les nouvelles vont vite… Les deux filles ne s'attardent pas, leur enquête n'est pas terminée, elles doivent encore se rendre au domicile du maire. Lui aussi les accueille à bras ouverts. Dans les jours qui suivent, il contacte la gendarmerie dans l'espoir de recueillir des informations sur les parents de Valentine. Malheureusement, cette piste n'aboutit pas, l'agent chargé de l'enquête n'étant plus en fonction.

Quelques mois plus tard, Valentine se rend à la cérémonie des vœux à laquelle le maire l'a conviée en tant qu'invitée d'honneur. Maurice l'accompagne.

Des dizaines de personnes l'abordent, tous sont très émus. Sur l'identité de ses géniteurs, Valentine n'en sait pas davantage mais elle a rencontré Maurice et les habitants de son village natal. De son premier jour d'existence jusqu'à ses dix-huit ans, tous ces gens l'ont entourée de leur amour à distance, sans même la connaître, un amour inconditionnel s'il en est ! Elle n'a pas trouvé sa famille biologique, mais une famille plus grande qu'elle n'imaginait pas. Elle est et restera à jamais l'enfant de Quiéry-la-Motte.

Valentine poursuit ses recherches

Si Valentine a souhaité participer à l'émission, c'est pour y déposer quelques bagages émotionnels, peut-être aussi rencontrer des gens qui ont vécu des histoires similaires. Surtout, elle nourrissait l'espoir d'obtenir des informations supplémentaires sur ses origines. Elle a été en partie exaucée : sur le plateau de « Ça Commence Aujourd'hui », elle a rencontré Danny, la gérante du bar-tabac, la première femme qui lui a donné de la tendresse. À l'instar de Maurice, Danny n'a jamais oublié ce jour si particulier où elle a tenu ce bébé dans les bras. « Tu es comme ma fille », lui déclare-t-elle.

Depuis l'émission

Valentine a reçu des centaines de lettres… Aucun indice, hélas, sur ses parents biologiques. Deux ans se sont écoulés. La colère s'est apaisée, mais les questions demeurent. Alors, toujours avec le soutien de ses parents, Valentine a décidé d'embaucher un détective privé et de se livrer à un test ADN à l'étranger (ces tests sont interdits en France).

Jean-Baptiste

Un autre regard sur le syndrome Gilles de la Tourette

Émission du 16 octobre 2018

Jean-Baptiste, vingt-cinq ans, est venu sur le plateau de « Ça Commence Aujourd'hui » pour parler de sa maladie : le syndrome Gilles de la Tourette. L'enjeu : mettre en lumière cette affection souvent méconnue et caricaturée, aider celles et ceux qui sont concernés – directement ou indirectement – à mieux vivre avec.

Ce qui frappe immédiatement chez Jean-Baptiste, c'est son sourire. Entier, chaleureux, celui d'un jeune homme confiant en l'avenir. Et pourtant Jean-Baptiste a beaucoup hésité avant d'accepter de participer à l'émission, Faustine confesse qu'il a donné beaucoup de fils à retordre à la production… Ce qui l'a convaincu in fine, *c'est l'esprit qu'il y a décelé : nul voyeurisme, seulement de la sincérité et, surtout, beaucoup de bienveillance.*

Le syndrome Gilles de la Tourette au quotidien

En effet, la bienveillance de l'auditoire est une condition sine qua non pour parler du mal qui ronge Jean-Baptiste. Un mal mystérieux qui répond à l'appellation de « syndrome », un trouble dont on peine à définir les contours, et qui prête bien souvent à rire du fait de ses symptômes si particuliers : des tics faciaux qui s'apparentent à des grimaces et, parfois, une tendance à débiter des termes orduriers. Un handicap pas très crédible en somme, qui ne se traduit pas par un fauteuil roulant, et qui suscite régulièrement – outre les moqueries – l'incompréhension et l'incrédulité. Est-ce que vraiment ce gars-là ne pourrait pas se contrôler ? S'agit-il réellement d'une maladie à proprement parler ?

Oui, il s'agit d'une maladie. Si elle se caractérise par l'association de tics moteurs et vocaux, ces tics sont très variables d'un individu à l'autre et la maladie recouvre une réalité bien plus vaste et complexe. Chez Jean-Baptiste, le syndrome Gilles de la Tourette (SGT) ne s'est jamais manifesté par la profération de jurons ou de gros mots – la coprolalie ne concerne que 20 % des patients atteints par cette affection – mais par une succession de tics faciaux et vocaux, raclements de gorge et gestes brusques qui ponctuent sans cesse ses phrases.

Un tic, c'est irrépressible, par définition. Cependant, à la différence d'un éternuement, il n'est pas le fruit d'un réflexe de l'organisme, il est produit en toute conscience et procure un soulagement intense à celui qui s'y adonne. Il serait parfaitement vain d'essayer de retenir ces tics. Car ils ne sont que l'infime manifestation d'une angoisse qui déborde sans cesse du corps de celui qui en est victime. Si on tente de mettre un couvercle, la marmite explose. Ainsi les tics ne sont-ils en quelque sorte que la partie immergée de l'iceberg. Le débordement d'une tension immense qui parcourt sans cesse le corps, comme une décharge électrique : concrètement, Jean-Baptiste est soumis à 35 000 contractions par jour. Au-delà des tics, les symptômes psychiatriques associés au SGT sont principalement les troubles obsessionnels compulsifs – les fameux tocs –, les déficits de l'attention et l'hyperactivité.

On peut l'imaginer, le quotidien de Jean-Baptiste, c'est un enfer : à l'épuisement physique qui résulte de la contraction permanente de tous les muscles de son corps s'ajoute un épuisement mental, celui d'une tentative de contrôle constamment vouée à l'échec, et surtout la conscience aiguë du regard des autres… Il faut se rendre à l'évidence, il serait illusoire d'espérer cacher le syndrome Gilles de la Tourette à qui que ce soit. Alors on apprend à vivre avec. On prévient. On assume.

Aujourd'hui, Jean-Baptiste a vingt-cinq ans. Son parti pris, c'est définitivement l'acceptation. Mais si une grande sérénité émane du jeune homme sur le plateau de « Ça Commence Aujourd'hui », ça n'a pas toujours été le cas. Sa maturité, Jean-Baptiste l'a forgée dans les épreuves, un long chemin de croix qui a démarré dès la fin de l'école maternelle.

L'enfance : l'enfer, c'est les autres

Année 2000. Jean-Baptiste a six ans. Du jour au lendemain, sans raison apparente, il ne supporte plus de chausser son pied droit. Le contact avec la chaussure le fait littéralement souffrir, il se sent comprimé, emprisonné, si bien qu'il gratte sans cesse de l'orteil l'intérieur de sa chaussure au point de l'abîmer. Désemparée mais pragmatique, sa mère accepte qu'il se rende à l'école en sandales, avec des chaussettes en hiver. Drôle d'accoutrement... Déjà Jean-Baptiste détonne parmi ses camarades et il est l'objet de tous les regards. Ce qui a démarré comme une lubie enfantine prend peu à peu des proportions inquiétantes. À la maison, Jean-Baptiste a du mal à trouver le sommeil et commence à se livrer à un étrange rituel : il doit faire 70 fois le tour de sa chambre avant d'aller dormir. 70 tours. Pas un de plus, pas un de moins. Un protocole drastique qui l'épuise, mais auquel il ne peut absolument pas déroger. C'est une véritable prison mentale, un cercle vicieux dans lequel le stress engendré par le toc engendre un autre toc... À l'école, Jean-Baptiste ne peut s'empêcher de taper frénétiquement sur ses cahiers, il fait des trous dans les pages avec son stylo. Les moqueries des élèves décuplent son angoisse, il se mord la langue jusqu'au sang, aggrave ses bobos, il se blesse.

Un jour, Jean-Baptiste accepte de porter des baskets pour jouer au foot. Exit le toc ? Pas vraiment, car les tocs se déplacent. La maladie, pernicieuse et insatiable, se réinvente sans cesse et se déploie en de multiples ramifications, toutes aussi saugrenues les unes que les autres. En fait, sa « créativité » ne connaît aucune limite. C'est difficile à suivre pour l'entourage, et a fortiori pour la personne qui la subit…

Si les tics et tocs sont courants chez les enfants, les parents ont compris que le cas de Jean-Baptiste était plus grave. C'est d'abord vers la psychologie qu'ils se tournent. Tout au long de son enfance, Jean-Baptiste sera suivi par une dizaine de psychologues. Rien n'y fait. Les parents, impuissants face au mal-être de leur fils se voient en outre incriminés. Jean-Baptiste ne serait-il pas angoissé à cause de leur séparation ? L'organisation familiale mise en place ne serait-elle pas à l'origine de ses problèmes ?

Dans cette errance médicale, Jean-Baptiste et ses parents naviguent en plein brouillard. L'avenir semble bien sombre. À l'école, Jean-Baptiste est incapable de se concentrer et les professeurs se montrent généralement peu compréhensifs. Prêt à tout pour se faire des amis, le petit garçon est du genre bonne poire, il distribue ses cartes à jouer dans la cour de récréation. Mais, les enfants étant ce qu'ils sont, sa générosité ne suffit pas à lui épargner les moqueries. Il pleure tous les jours, il est profondément malheureux. Jusqu'au jour où une lueur d'espoir apparaît…

Nommer le mal pour l'apprivoiser

Pas de guérison miraculeuse, mais un diagnostic clair. Contre toute attente, celui-ci ne vient pas d'un psychologue. C'est l'ostéopathe que Jean-Baptiste consulte régulièrement (du fait de ses multiples maux de dos et de jambes) qui met un jour le doigt sur le problème. Expérimentée et à l'écoute, cette praticienne a l'intuition que le mal dont souffre Jean-Baptiste n'est pas uniquement d'ordre psychologique. Elle l'adresse à un neurologue. Le diagnostic de ce dernier, établi à l'issue de deux jours de tests, est sans appel : Jean-Baptiste est atteint du syndrome Gilles de la Tourette.

Ces cinq petits mots n'ont l'air de rien, pourtant ils vont tout changer… Le mal qui ronge Jean-Baptiste porte un nom, il existe, d'autres personnes, partout dans le monde, vivent la même chose que lui. Le nommer, c'est le premier pas pour l'adopter. Jean-Baptiste peut commencer à apprivoiser sa maladie, et s'aimer un peu plus. Jean-Baptiste voit aussi le regard des autres évoluer radicalement. À l'école, il bénéficie à présent d'aides : aménagement de son temps de travail, soutien des professeurs, et, surtout, il détient désormais un sésame qui lui permet de clamer haut et fort : « Non, je ne suis pas fou. Je suis malade. »

Tout n'est pas facile pour autant, Jean-Baptiste doit inlassablement expliquer, prévenir, anticiper les réactions des uns et des autres. À chaque rentrée, il s'oblige à vaincre sa timidité pour aller au-devant des gens, s'excuser à l'avance tant auprès de ses professeurs que de ses camarades. La tâche n'a rien d'évident mais, instinctivement, Jean-Baptiste a compris qu'il fallait à tout prix maintenir le lien social. Ne pas céder à la tentation de la colère et du repli. Pari tenu : grâce à sa volonté et à sa personnalité lumineuse, il s'entoure de camarades bienveillants. Bien sûr, il y a toujours des moqueries, l'adolescence est un âge cruel. Jean-Baptiste poursuit sa route, et tant pis pour les gens méchants, après tout ils ne méritent peut-être pas son amitié. « Ta maladie, c'est un peu comme un détecteur de cons », résume sa professeure de théâtre à l'époque.

Enfin, qui dit diagnostic dit traitement : Jean-Baptiste se voit administrer des neuroleptiques pour soigner le stress et l'angoisse, les causes profondes de son mal. Dans un premier temps, les effets sont très concluants. Pendant près de six mois, Jean-Baptiste n'est presque plus en proie aux tics ! Au lycée, il mène enfin une adolescence quasi normale. Mais le miracle s'estompe vite, car le propre de ces produits chimiques, c'est de générer de l'accoutumance… Il faut bientôt augmenter les doses, ce qui, inévitablement, accroît les effets secondaires bien connus : fatigue, léthargie. Jean-Baptiste a très bien perçu le danger… Un jour, avec l'accord de ses parents, il décide de tout arrêter. Au fond de lui, il est convaincu que la chimie n'est pas la solution, seulement une stratégie court-termiste et délétère.

L'art et l'amour comme planches de salut

Heureusement, le jeune homme dispose d'une bouée de sauvetage : un don. Une sensibilité musicale qu'il a cultivée depuis sa petite enfance en pratiquant la trompette, la batterie et le chant. Dans la musique, il puise du réconfort, de la beauté, le goût de la vie… Et puis, l'entourage de Jean-Baptiste a remarqué quelque chose de très étrange : quand il joue ou qu'il chante, tics et tocs disparaissent. Tout à sa passion, Jean-Baptiste en oublie son mal et celui-ci se met en sourdine, comme par magie. Le charme est très éphémère : sitôt que Jean-Baptiste conscientise ce fait, les tics reviennent automatiquement mais peu importe, il a trouvé son truc. La musique, ce sera sa thérapie. Elle lui permet d'oublier sa maladie, mais aussi de l'assumer à travers les chansons qu'il compose. Il s'y adonne corps et âme. Dans une certaine mesure, la maladie forge l'artiste, et l'art sublime la maladie pour en faire une force.

Au-delà de l'art, il y a l'amour. Celui de ses parents et de ses amis, et puis l'amour avec un grand A, l'amour amoureux. De ce côté-là, Jean-Baptiste s'estime plutôt chanceux. Il plaît clairement aux filles. Sa maladie touche et interpelle, son talent artistique aussi certainement. Le premier rencard n'est pas toujours évident, c'est sûr, mais une fois que cette étape est franchie, le jeune homme a au moins l'assurance que l'amour est sincère… C'est comme avec les cons, la maladie a le mérite de faire le tri. Il faut beaucoup d'amour pour accepter le regard des autres sans cesse braqué sur Jean-Baptiste.

De l'amour, de la musique, de la patience et beaucoup de courage, c'est la recette de Jean-Baptiste pour vivre avec sa maladie… Le message qu'il souhaite faire passer à tous ceux qui sont victimes du syndrome Gilles de la Tourette, c'est avant tout un message d'espoir et d'apaisement : « Ne vous inquiétez pas, ça va bien se passer. » Oui, Jean-Baptiste en est convaincu : on peut puiser dans cette maladie une force extraordinaire, qui nous rend invincible.

Le miracle

Depuis l'émission, Jean-Baptiste a subi une opération visant à le libérer des troubles liés au SGT. Concrètement, on lui a ouvert le crâne pour y implanter des électrodes et faire passer un câble dans son corps relié à une batterie. L'opération s'est révélée particulièrement efficace. Au bout d'une semaine, Jean-Baptiste n'avait pratiquement plus de tics.

Pourtant, Jean-Baptiste a vécu cette guérison aussi soudaine qu'inattendue comme une épreuve terrible. Et pour cause, le jeune homme a grandi avec sa maladie, elle l'a forgé au point qu'elle est devenue un élément constitutif de sa personne, le trait qui le distingue. « Jean-Baptiste, c'est ce garçon qui a le syndrome Gilles de la Tourette », voilà comment les autres le désignent. Avec la disparition brutale de ses tics, il s'est senti subitement extrêmement vulnérable, comme dépossédé d'une armure. D'après les médecins et psychologues qui le suivent, il n'y a pas matière à s'inquiéter. Jean-Baptiste doit se livrer à un travail profond pour se réapproprier son corps, apprivoiser ce nouveau soi qui se révèle à lui, plus serein, plus mou aussi, comme s'il s'était vidé de toute son énergie. Jean-Baptiste a découvert que l'on pouvait grossir en mangeant ! Mais il demeure fondamentalement optimiste. Il sait que le temps fera son œuvre.

Une fois de plus, la musique a été salvatrice dans cette nouvelle épreuve. Juste avant l'opération, Jean-Baptiste avait signé avec un label familial et enregistré son deuxième EP. S'il craignait que sa personnalité artistique ne soit altérée par la disparition de la maladie, ce n'est pas le cas. « Je suis toujours le même », déclare-t-il. La seule différence, c'est sa voix. Après l'opération, il s'est découvert un timbre plus chaud, une sonorité qui lui permet d'explorer d'autres styles musicaux… Dans cette période de confusion, le chant constitue une sorte de fil conducteur qui fait le lien entre l'ancien et le nouveau soi, comme un fil d'Ariane auquel il peut se raccrocher. Jean-Baptiste a d'ailleurs enregistré un EP en studio dans l'optique d'un jour faire son propre album avec une maison de disque.

Ornella et Florine

Aimer deux personnes à la fois

Émission du 6 septembre 2022

Il y a l'amour qui rassure, celui qui nous entoure tel un cocon douillet, et puis il y a l'autre, plus périlleux : celui qui nous terrasse et nous emporte à mille lieues de tout ce qu'on pouvait imaginer. Cet amour, Ornella et Florine l'ont vécu, à leur corps défendant. Elles étaient toutes deux engagées dans de solides relations de couple quand l'amitié qui les liait a brutalement changé de nature pour se muer en passion, bouleversant toutes leurs certitudes, leur équilibre, leur vie. Peut-on résister à un tel sentiment ? Cesse-t-on forcément d'aimer son conjoint quand on tombe amoureux de quelqu'un d'autre ? À travers le récit croisé d'Ornella et Florine, une trépidante histoire aux allures de feuilleton, beaucoup de questions quant à la nature de l'amour et surtout une certitude : la vie est bien plus riche et complexe que ce qu'on veut se raconter…

Ornella

Depuis ses quinze ans, Ornella est en couple avec Antoine. Ensemble, ils ont eu leur premier enfant alors qu'elle était âgée de 17 ans. À 24 ans, Ornella est déjà mère de trois beaux garçons.

Sont-ils « amoureux » avec Antoine ? Il y a de l'amour entre eux, c'est indéniable, celui forgé par neuf années de vie commune, mais il y a aussi des disputes et même quelques tromperies du côté du Antoine dont Ornella n'ignore rien… Bien sûr elle éprouve du ressentiment mais elle n'a jamais pour autant envisagé de rompre avec lui. Avec trois enfants, des problèmes financiers par-dessus le marché, ce genre de question ne se pose pas vraiment. Antoine, c'est l'homme de sa vie, celui auprès de qui elle est devenue une femme, une mère.

Depuis quelques mois, une amitié naissante ensoleille le quotidien de la jeune femme. Sa nouvelle amie, Florine, est la fiancée d'Hélène, une connaissance du couple. Fraîchement arrivée dans leur petite ville du bord de Loire, elle ne connaît pas grand monde et la relation s'approfondit bien vite. Elles deviennent inséparables !

Un jour, Ornella va chercher un colis chez le fleuriste où Florine travaille de temps en temps, l'occasion de bavarder avec son amie. Un non-événement. Et pourtant ce jour-là, un étrange phénomène se produit : quand Ornella aperçoit Florine, le brouhaha de la rue s'estompe, sa vision se brouille, le temps semble suspendu. Au milieu du brouillard, elle ne voit que Florine qui lui sourit. Et elle la trouve belle. Si belle… C'est comme si elle la voyait vraiment pour la première fois.

Combien de temps a duré cette « apparition » ? Ornella n'en a aucune idée. Dans un état de confusion intense, elle reprend enfin ses esprits. C'est la première fois qu'elle expérimente un tel phénomène. Pourtant impossible de se tromper quant à sa nature : il s'agit d'un coup de foudre. Oui, un coup de foudre, comme ceux que l'on voit dans les films. Dans toute sa banalité et sa dimension extraordinaire…

Mais s'il est aisé de nommer le phénomène, il en va autrement quand il s'agit de l'interpréter…

Parce que le moins qu'on puisse dire, c'est qu'il débarque comme un cheveu sur la soupe dans la vie d'Ornella ! D'abord, elle n'avait jamais été attirée par une femme et se définit comme 100 % hétéro. Quelle peut bien être la nature de ses sentiments à l'égard de son amie ? S'agit-il d'une amitié très forte ou d'une simple attirance sexuelle ? Et puis, il y a Antoine, l'homme de sa vie, le papa de ses enfants... Peut-on être amoureux de deux personnes à la fois ? Mais qu'est-ce que signifier « aimer » finalement ? Aime-t-elle Antoine comme elle aime son amie ? Entre ces amours, y a-t-il une différence de nature, de degré ? Trop de questions se bousculent dans l'esprit d'Ornella. Elle a besoin d'aide pour démêler les fils. Alors elle appelle la seule personne susceptible de la renseigner : Florine.

« Je crois que je suis attirée par une femme, c'est normal ? » À ce moment-là, elle ne révèle pas le nom de celle qu'elle aime. Une manière de tâter le terrain et surtout de ne pas mettre en péril une amitié à laquelle elle tient par-dessus tout.

La réponse de Florine résonnera longtemps dans l'esprit de Ornella : « on peut être attirée par une personne et pas par un sexe. ».

Florine

Concernant l'identité de la mystérieuse femme, Florine a sa petite idée… Elle a bien vu que le comportement d'Ornella à son égard avait changé du tout au tout. Il faut dire aussi que Florine est aux aguets car de son côté, voilà des semaines qu'elle a réussi à mettre des mots sur le sentiment qui était en train d'éclore en elle. Amoureuse. Elle est bel et bien en train de tomber amoureuse de son amie et c'est un problème. Un sacré problème même. Parce que dans un mois, Florine épousera la femme de sa vie, Hélène. Elle se sent parfaitement épanouie dans sa relation de couple et n'a aucunement l'intention de tout envoyer valser. Aussi, elle se garde bien de pousser son amie sur cette pente glissante.

Mais Ornella n'a pas besoin d'encouragement pour faire son chemin. Quelques jours plus tard, tandis que les deux amies se retrouvent comme à l'accoutumée, elle lui tend son téléphone sur lequel elle a rédigé une note, une déclaration d'amour, ni plus ni moins. Si Florine n'en montre rien, c'est un véritable tsunami qui déferle en elle : il y a une part de soulagement, une joie immense même – *je ne me suis pas trompée, elle m'aime !* – mais surtout beaucoup de peur. Une passion si intense, il ne peut rien en sortir de bon. Elle sait que si elle ouvre cette porte dans son cœur, elle risque d'être dépassée, noyée, anéantie. Prudente, elle s'abstient donc de répondre à Ornella et se contente de la prendre dans ses bras dans un geste consolateur.

Les jours suivants, Florine s'efforce de mettre en sourdine cet amour qui occupe de plus en plus de place dans son esprit. Mais les sentiments sont têtus. Rien n'y fait, l'amour bouillonne… et déborde. Trois jours plus tard, c'est elle qui décroche son téléphone. « Ce que tu ressens, eh bien moi aussi je le ressens ».

On fait quoi maintenant ?

Dans un film Hollywoodien, Florine et Ornella quitteraient leurs conjoints respectifs et se marieraient immédiatement. Mais, la vraie vie est un peu plus complexe. D'abord, Ornella a déjà trois enfants et son Antoine… Quant à Florine, elle ne se voit pas du tout quitter Hélène. Elle aime deux femmes. C'est difficile à croire pourtant ses deux amours sont sincères.

Ne sachant que faire de ce sentiment inopiné et trop encombrant, Ornella et Florine conviennent de rester « amies », une zone grise qui leur permet de reporter la décision fatale, et surtout de continuer à se voir sans culpabiliser. Mais c'est sans compter sur l'évolution de leurs sentiments mutuels. En se révélant, c'est comme si leur amour s'était encore décuplé. À présent, c'est tout à fait concret. Chaque entrevue est un délicieux supplice. Les étoiles dans les yeux, les papillons dans le ventre, les mains qui se frôlent… elles sont comme aimantées l'une par l'autre. À quoi bon tenter de séparer deux aimants ? À peine quelques jours plus tard, elles échangent leur premier baiser.

Pour Ornella, il n'est dès lors plus question de cloisonner quoi que ce soit. De toute façon elle en serait bien incapable. Antoine ne la reconnaît plus. Devant les interrogations de ce dernier, elle confesse : oui, elle aime quelqu'un d'autre. Non, il ne s'agit pas d'un homme… Il le prend mal, forcément, le fait qu'il s'agisse d'une femme n'atténue en rien le sentiment de trahison. Mais de qui s'agit-il bon sang ? Ornella garde le silence pour protéger Florine. Si son propre couple est à la dérive, elle ne veut pas causer de peine à celle qu'elle aime, ni briser son ménage…

De son côté, Florine n'a pas clarifié la situation avec sa fiancée. Même si Ornella a éveillé en elle des sentiments d'une intensité jusqu'alors inconnue, sa raison lui intime de ne pas tout quitter pour une passion certainement passagère. Comment être certaine de la solidité de l'amour d'Ornella qui, de ses propres aveux, n'aimait que les hommes il y a quelques jours encore ? À la veille du mariage, elle prend une décision radicale : couper les ponts.

Aucun contact

Ornella ne comprend pas le brutal revirement de Florine. Dévastée, elle sombre dans la dépression. Ce silence est une torture. Comment Florine peut-elle lui infliger une telle souffrance alors qu'elle prétendait l'aimer ? Elle se sent éperdument seule : en perdant Florine, elle a aussi perdu sa confidente du quotidien. Heureusement Antoine est là. Lui continue de l'aimer. Il lui fournit l'épaule dont elle a besoin pour pleurer.

Soucieux de consolider son couple et de mettre le voile sur cet épisode, il manifeste le souhait d'avoir un quatrième enfant. Ornella accepte, et s'est résignée à ne plus voir Florine. Qui sait, peut-être qu'une grossesse l'aiderait à tourner la page ? Elle doit avancer, c'est presque une question de vie ou de mort.

Après la naissance de leur quatrième garçon, une cinquième grossesse surprise vient entériner les retrouvailles du couple. Antoine et Ornella décident même de se marier. Trois ans et demi se sont écoulés depuis l'étrange passade.

Les retrouvailles

Cependant, il se trouve qu'Antoine travaille dans la même entreprise qu'Hélène… Alors ce qui devait arriver finit par arriver. Lors de la soirée de fin d'année organisée par la société, Florine débarque avec Hélène et leur bébé. « Manquait plus que ça », marmonne Antoine devant le trouble manifeste de sa compagne. Les deux femmes n'échangent pas un mot mais Ornella n'a de cesse d'observer son ancienne amie : Florine semble épanouie, la maternité lui va bien. Force est de constater que le temps n'a pas fait son œuvre, elle l'aime encore.

Ce n'est que quelques mois plus tard, en explorant le profil Facebook de Florine, qu'Ornella découvre LE signe. Sur son mur Facebook, Florine a posté le clip de la chanson « Turbulence » de Navii avec un émoji cœur. Il ne s'agit pas de n'importe quelle chanson mais de *leur* chanson, celle qu'elles écoutaient en boucle du temps de leur brève relation. Son cœur bat la chamade, et d'autant plus quand elle s'aperçoit que le post date du mois de décembre, trois jours après la soirée de l'entreprise... Le doute n'est plus permis. Ce message s'adresse à *elle*, rien qu'à elle. Pour la première fois depuis trois ans et demi, elle acquiert une certitude : Florine non plus ne l'a pas oublié. Et ça change tout.

Quelques jours plus tard, tandis qu'elle fait ses courses au supermarché, Ornella se retrouve nez à nez avec Florine. Le temps d'un simple bonjour, l'étrange phénomène se reproduit : vision floue, papillons dans le ventre, et par-dessus tout, ce sentiment d'évidence. Les années n'ont pas érodé la puissance de leurs sentiments. L'amour est toujours là, intact, sublime. Et cette fois, Ornella n'a pas l'intention de laisser Florine s'échapper. Elle demande à la revoir. Très vite...

Les deux femmes reprennent alors la relation là où elles l'avaient laissée mais Ornella a tiré les leçons de sa dernière expérience. Elle n'envisage pas de bousculer l'équilibre familial qu'elle est péniblement parvenue à restaurer et décide de « cloisonner ». Mais tout finit par se savoir et le mensonge n'a jamais été son fort... Quand Antoine découvre le pot aux roses quelques mois plus tard, il fait un scandale et avertit Hélène.

Pendant que Florine divorce, Ornella mène de front deux relations amoureuses. Avec Antoine, la tempête : les disputes, les séparations, les retrouvailles, les scènes de jalousie mais aussi... un sixième enfant. Miracle. C'est une fille, enfin ! Ornella en avait tant rêvé.

Avec Florine, la relation est plus apaisée heureusement. Tout au long de la sixième grossesse d'Ornella, elle est à ses côtés, c'est un peu comme si c'était aussi son bébé. Pourtant il s'agit bien du bébé de Antoine. Tout est si confus... La vie d'Ornella, c'est un vrai tourbillon, comme dans la chanson. Mais à présent qu'elle a retrouvé Florine, qu'elles se sont vues, connues, reconnues, séparées, retrouvées, c'est ensemble, enlacées, qu'elles continueront de tourner.

Deux ans plus tard, sur le plateau de « Ça Commence Aujourd'hui », la situation semble relativement clarifiée : Florine et Ornella sont officiellement *ensemble* et il s'agit d'une relation de couple *exclusive*. Cependant, pour des raisons logistiques et pour préserver l'équilibre familial, Ornella vit encore avec Antoine. Ses enfants ont compris que maman aimerait toujours papa mais que son amoureuse, c'était Florine.

À la question de savoir si on peut véritablement aimer deux personnes à la fois, aucune réponse claire ne sera donnée. Parce que l'amour ne connaît pas de lois ! Ce qui est certain néanmoins, c'est que vivre simultanément deux histoires d'amour peut se révéler... très compliqué. Mais n'est-ce pas précisément dans cette complexité que réside l'unicité – et la beauté – de chaque relation ?

Note de l'éditeur : Certains prénoms ont été modifiés pour préserver l'anonymat des personnes concernées.

Aïsha

Quand la liberté devient combat

Émission du 11 juin 2020

À trente-deux ans, Aïsha a vécu de nombreuses vies. Elle a été mariée de force à l'âge de vingt ans avant de prendre la fuite à des milliers de kilomètres des siens. Désireuse d'éveiller les consciences sur ce genre de pratiques – malheureusement encore très répandues –, Aïsha a accepté de partager son expérience dans « Ça Commence Aujourd'hui ». Le témoignage d'Aïsha, c'est le récit inspirant d'une guerrière qui s'est battue pour sa liberté, mais aussi l'histoire bouleversante d'une âme meurtrie et d'une quête inassouvie : celle de l'amour maternel.

Une famille traditionnelle

Aïsha est née et a grandi en France, à Saint-Étienne. Elle n'est pas le fruit d'un mariage d'amour. Ses parents, tous deux originaires de l'ethnie d'un petit village de Gambie, sont cousins et étaient destinés l'un à l'autre depuis l'enfance. Polygame, son père est parti avec sa seconde épouse au Canada. Aïsha a donc été élevée par sa mère seule en compagnie de son grand frère et de sa petite sœur.

Si la relation avec le père est quasiment inexistante depuis son départ au Canada, celui-ci demeure le chef de famille auquel l'épouse et les enfants – même délaissés – doivent obéissance. Garante du respect des traditions, la mère d'Aïsha élève ses enfants de manière très stricte, à la dure. Dans ce foyer, nulle tendresse ni complicité. Les émotions, on les garde pour soi. Aucune solidarité non plus au sein de la fratrie. Il faut dire qu'Aïsha jalouse profondément son frère, qui a tous les droits en tant qu'homme. Excisées à l'âge de trois ans, Aïsha et sa sœur ont quant à elles la ferme interdiction d'entretenir des relations avec des garçons, la mère veille au grain et n'hésite pas à les battre. Pourtant, en son for intérieur, Aïsha aspire à l'indépendance, elle se sent résolument occidentale et elle entend bien mener la vie d'une femme libre quand elle sera grande. Alors, très tôt, elle apprend à compartimenter. Elle fait le dos rond devant sa mère mais se rend à ses premières boums en cachette. C'est la rebelle de la famille et elle espère ouvrir la voie pour offrir à sa petite sœur un peu de liberté.

Aïsha est âgée de treize ans quand le patriarche prend une décision irrévocable : la famille se regroupera au Sénégal. L'adolescente est dévastée mais elle n'a d'autres choix que de se plier aux desiderata paternels. En compagnie de sa mère, de son frère et de sa sœur, Aïsha s'envole pour Dakar. Sur place, la jeune fille intègre une école franco-sénégalaise. Dans cet environnement qui mêle élèves français et sénégalais, Aïsha trouve ses marques, elle se fait de nouveaux amis, plutôt des Français, et mène une adolescence sans encombre, relativement épanouie. Bien sûr, elle compartimente toujours sa vie. À la maison, c'est une jeune fille sage et docile, à l'école elle est plus délurée, plus vivante aussi. Il lui arrive de sortir, et même de flirter avec des garçons ! Une adolescence banale finalement, si ce n'est que dans la famille d'Aïsha, il ne s'agit pas d'une mince affaire... Lorsque sa mère la surprend en train d'échanger des textos avec un garçon, Aïsha est rouée de coups. La jeune fille prend son mal en patience. Elle sait qu'il ne lui reste plus que quelques années à tenir. Après son bac, elle reviendra en France et deviendra hôtesse de l'air, son rêve de toujours, elle rencontrera un homme qui l'aime et qu'elle aime, se mariera et aura des enfants. Elle ignore encore que son père nourrit d'autres projets pour elle…

« *Tu te marieras, ma fille* »

Un jour, sa mère lui expose la décision paternelle : un mariage arrangé, une pratique assez fréquente dans cette communauté. Le prétendant en question est un cousin éloigné âgé d'une quarantaine d'années. Déjà marié à plusieurs femmes, il vit en Italie. Pour Aïsha, c'est tout vu, elle n'envisage pas une seconde d'épouser cet homme qu'elle n'a croisé qu'une seule fois à dix-sept ans.

La jeune fille manifeste clairement son refus, mais ses parents font la sourde oreille. En représailles, ils l'empêchent de suivre les études dont elle rêvait. La relation, déjà compliquée, se tend chaque jour davantage. Aïsha subit par ailleurs la pression de l'entourage familial : « Si tu ne te maries pas, ta mère va avoir des problèmes, ton père va considérer qu'elle ne t'a pas bien élevée ! » À ce moment-là, la jeune Aïsha ne songe pas à fuir, elle ne voudrait pas causer de torts à sa mère et encore moins à sa petite sœur. Dans le fond, elle ne peut pas croire que son père et sa mère lui forceront la main. Comme tous les parents, ils doivent souhaiter son bonheur, non ? Elle se dit qu'elle a le temps de les faire changer d'avis. Dans son esprit, ce mariage est encore flou, lointain, irréel.

Jusqu'au jour où sa mère lui annonce que le mariage a été acté. Un acte, et Aïsha le découvre avec stupeur, qui ne requiert nullement le consentement et la présence de la mariée. Elle a été mariée à son insu. Dans quelques mois, son « mari » débarquera au Sénégal pour faire la connaissance de son épouse et, surtout, consommer l'union…

Seulement voilà, Aïsha a déjà un ami. Plus qu'un ami, un amant…

Sauver les apparences

La virginité dans la culture de l'ethnie d'Aïsha – à l'instar de nombreuses cultures traditionnelles –, ce n'est pas un point de détail, mais la condition sine qua non de la validité d'un mariage. Il en va de l'honneur familial. Une femme qui a eu un amant est une femme souillée, une traînée qui mérite d'être répudiée. Bien que consternée en apprenant la nouvelle, la mère d'Aïsha garde la tête froide. Qu'à cela ne tienne, Aïsha subira une opération de reconstruction de l'hymen, les apparences seront sauves !

L'opération ne se déroule pas dans un véritable hôpital, mais au cabinet d'une « gynécologue » clandestine spécialisée dans ce genre de pratique, sans anesthésie cela va sans dire. Aïsha endure le martyre. Elle hurle, supplie, appelle à l'aide. En vain. Sa mère, qui patiente dans la salle d'attente, ne vient pas à son secours. Au sortir de l'opération, elle lui demande de cacher sa douleur. Nul ne doit savoir. Toujours sauver les apparences.

Aïsha est sous le choc. Blessée dans sa chair et dans son cœur. Trahie par celle qui est censée par-dessus tout l'aimer et la protéger. Elle n'est pas au bout de ses peines. Car, à présent que sa virginité est « restaurée », il va falloir consommer l'union…

Le viol

Quelques mois plus tard, le « mari » débarque à Dakar. Aïsha se montre glaciale dans l'espoir de détourner son intérêt.

Et puis vient le grand jour, celui que ses parents ont choisi, sans jamais la concerter, pour la consommation de l'union. Ce soir-là, sa tante vient la chercher, l'embarque dans une voiture pour la conduire dans un hôtel. De crainte que l'opération de reconstruction de l'hymen ne remplisse pas le rôle attendu, la mère d'Aïsha lui a remis au préalable une lame de rasoir et lui a ordonné de se couper discrètement pour s'assurer que le sang coule sur le drap blanc. Dans la salle de bains de l'hôtel, Aïsha s'exécute, elle se mutile avant de s'étendre auprès de l'étranger qui est devenu son mari. Celui-ci n'est pas une mauvaise personne, mais la notion de consentement lui est parfaitement étrangère. Son épouse doit faire son devoir et se donner à lui, un point c'est tout. Alors Aïsha n'a d'autre choix que de se soumettre. Le sang coule, tout comme les larmes d'Aïsha. Tandis que l'homme s'endort, elle sanglote toute la nuit. Au matin, son « mari » lui remet de l'argent pour qu'elle rentre chez elle en taxi.

Dévastée, Aïsha retrouve sa mère. Une fois de plus, celle-ci ne s'émeut pas des larmes de sa fille. Toute à l'organisation de la cérémonie du drap blanc qui doit s'ensuivre et soulagée que le stratagème du rasoir ait fonctionné, elle est presque guillerette. Après tout, elle-même n'a-t-elle pas été mariée de force, comme toutes les femmes de la famille ? Aïsha ne s'écoute-t-elle pas trop ? Ça lui passera...

Aïsha comprend soudain qu'elle n'obtiendra jamais rien de cette femme. Ni amour, ni protection, ni même une simple discussion de cœur à cœur. La suite, elle l'imagine sans peine : une succession de nuits avec cet homme qu'elle n'aime pas, dans l'indifférence absolue des siens, jusqu'à ce qu'il se lasse d'elle.

Sa décision est prise : fuir. Maintenant.

La douloureuse reconstruction

Prétextant du linge à laver, elle se dirige vers la terrasse avec un sac rempli de vêtements et dévale l'escalier de service à toute allure. Par chance, la porte d'entrée est restée ouverte. Elle se réfugie chez des amis et, de là, se rend à l'ambassade de

France pour refaire ses papiers que sa mère lui a confisqués. Grâce à l'aide d'un ami qui nourrit des sentiments à son égard, elle regagne la France, d'abord Marseille puis Avignon et enfin Lyon.

Là, elle tente de se reconstruire. Blessée, désespérément seule, elle multiplie les relations amoureuses – l'une d'elles durera sept ans – mais, du fait de son excision et après le viol qu'elle a subi, elle a tendance à fuir la sexualité. De ce fait, sa vie de couple est inévitablement compliqée. Sur le plan amical, elle reste toujours sur la réserve avec les gens qu'elle rencontre et a du mal à nouer des relations autres que superficielles. Comment donner sa confiance quand on a été trahie par celle qui était censée vous protéger ?

Mais Aïsha a la ferme volonté de s'en sortir. Guérir, et pourquoi pas, être heureuse. Elle sait qu'elle a besoin d'aide et suit plusieurs thérapies qui lui font un peu de bien. Elle doit s'armer de patience. Sans référent et dans une profonde solitude, la reconstruction sera longue.

Et puis un jour, elle décide de parler. Elle rassemble tout son courage pour raconter son histoire dans « Ça Commence Aujourd'hui ». Son ambition : éveiller les consciences sur cette pratique du mariage arrangé qui subsiste, même sur le territoire français, pousser les jeunes filles à dire tout ce qu'elles ont sur le cœur, et qui sait, peut-être toucher les parents qui soumettent leurs enfants à une telle abomination.

Les mots qui libèrent

Après l'émission, Aïsha a ressenti un soulagement immédiat. Le fait de mettre des mots sur les maux est libérateur. Elle a reçu des témoignages de solidarité, des commentaires très positifs dans lesquels elle a puisé beaucoup de force. Surtout, dans la semaine qui a suivi sa prise de parole, elle a reçu un appel qu'elle n'attendait plus… celui de sa mère.

La discussion a été assez intense, entrecoupée de pleurs. Sa mère a commencé par se dédouaner de toutes responsabilités puis, peu à peu, timidement, elle a assumé ses torts, et présenté ses excuses à sa fille. Certes, celles-ci n'ont pas été à la hauteur de la carence d'amour ; certes, il a fallu l'intervention d'une amie de la famille… Peu importe, le mot a été lâché : « Pardon. » Aïsha avait besoin de l'entendre pour entamer vraiment sa guérison.

Le cheminement sera long encore. Aïsha a compris qu'elle attendait de sa mère des choses que celle-ci n'est pas en mesure de lui donner... Elle fait la part des choses mais, pour autant, elle n'est pas encore prête à pardonner.

Peu à peu, elle apprend à s'ouvrir, à faire confiance aux autres. Sur le plan amoureux, Aïsha a rompu avec son compagnon de sept années avec lequel elle entretenait une relation toxique et qui lui reprochait sans cesse sa réserve charnelle. Elle voudrait aller de l'avant, fonder une famille avec un homme qui respecte son passé et ses blessures, avoir des enfants qu'elle aimera et protégera.

Ce qui a aussi changé depuis l'émission, c'est qu'Aïsha a appris à s'affirmer. À présent, elle dit clairement quand quelque chose ne lui plaît pas. Elle s'est même découvert une passion à mille lieues de son univers familial : elle apprend à mixer pour être DJ. Elle vient d'ailleurs de jouer pour la première fois dans un bar !

Lee

Pas né dans le bon corps

Émission du 13 novembre 2020

Lee a quatorze ans et habite au Puy-en-Velay. C'est un collégien comme les autres. À une différence près. Né dans un corps de fille, il se sent garçon depuis son plus jeune âge. Après des années très difficiles, il a enfin mis des mots sur ce qu'il vit : la transidentité. Non, il ne s'agit pas d'un phénomène de mode, encore moins d'une maladie. Oui, la transidentité engendre des souffrances, pas en tant que telle, mais à cause du regard que la société porte sur elle. Ce regard, Lee entend bien le faire évoluer, c'est la raison de sa présence sur le plateau de « Ça Commence Aujourd'hui » en compagnie de sa mère Géraldine.

Un enfant différent

Lee naît en 2006, c'est un beau bébé qui fait la joie de ses parents. Jusqu'à ses trois ans, cette petite fille est élevée comme ses deux grandes sœurs. Cependant, dès qu'elle apprend à parler, Lee exprime une drôle d'idée : il lui manque quelque chose entre les jambes. Lorsque sa mère la présente comme sa fille, ça ne lui plaît pas du tout, elle la reprend. Déjà, ses parents pressentent qu'il ne s'agit pas d'une simple lubie enfantine… Puis vient la question de l'habillement. À partir de six ans, Lee refuse tout net de porter robes, jupes, collants et autres vêtements genrés au féminin. Un tel refus de féminité interpelle Géraldine, mais elle se garde bien de freiner Lee ou de l'encourager. Sa fille est comme elle est. Certainement un peu « garçon manqué ». Peut-être sera-t-elle homosexuelle, et alors ? À cette époque, bien qu'ayant l'esprit ouvert, personne dans sa famille ne pense pas un seul instant à la transidentité. Des personnes trans, elle n'en connaît pas personnellement…

En grandissant, Lee n'est pas bien dans sa peau, elle développe des tocs, se renferme. Sa différence, les autres enfants l'ont très bien sentie. Exclue d'emblée du clan des filles, elle ne parvient pas pour autant à s'intégrer dans celui des garçons – elle ne peut pas se mettre torse nu quand elle joue au foot, elle n'est pas des leurs. Si ses tocs disparaissent naturellement vers l'âge de dix ans, la question de l'habillement se fait de plus en plus épineuse. Pour Lee, le shopping est devenu un véritable supplice : tous ces miroirs, ces vendeuses qui lui forcent la main, qui voudraient valoriser sa « féminité ». Avec sa mère, elle a trouvé une astuce : acheter le même article en plusieurs exemplaires, même parfois en plusieurs tailles, pour éviter l'horrible corvée. Une paire de baskets, un T-shirt et un pantalon amples, tel sera l'uniforme de Lee, ou plutôt sa carapace, car il s'agit bien de cacher ce corps qu'elle hait, ces rondeurs déjà si féminines. À l'âge où la mode devient un enjeu primordial dans la cour de récréation, Lee n'est définitivement pas dans le coup... Fuyant son reflet dans le miroir, elle ne prend pas soin d'elle. Pour ses camarades, elle est le « pouilleux », le « clochard ».

Le collège : le basculement

Puis vient l'arrivée au collège, l'entrée dans l'adolescence. Comme tous les ados, Lee connaît ses premiers émois amoureux. Elle sort avec une fille et l'annonce à sa mère : « Je suis lesbienne. » Géraldine accueille la nouvelle avec bienveillance – elle n'est pas vraiment surprise –, mais il n'en va pas de même pour les autres collégiens, qui rivalisent de cruauté. Au-delà des insultes, Lee subit à présent des agressions corporelles, elle est sans cesse bousculée, on lui plonge la tête dans les toilettes pour l'humilier. Craignant d'aggraver son cas, Lee n'ose pas en parler à ses parents. Il faut dire aussi que la relation avec ces derniers s'est tendue ces derniers temps... Lee traverse une crise d'adolescence sévère sans commune mesure avec celle des deux aînées de la famille. Elle est en train de vivre son pire cauchemar : la puberté.

Dès le début de la cinquième, Lee a eu ses premières règles. Précisément, Lee refuse d'être une femme, elle a honte de ce sang qui s'écoule entre ses jambes, de cette poitrine qui commence à poindre, elle ne veut pas porter ces horribles brassières qui la compriment. Elle déteste son corps, elle se déteste, et commence à se scarifier. En proie à des pensées morbides, elle va jusqu'à commettre trois tentatives de suicide... Pourtant Lee ne veut pas mourir. Ces tentatives, ce sont des cris de détresse, des appels au secours. Sentant qu'elle est devenue un danger pour elle-même, elle demande à être hospitalisée en psychiatrie.

Entre décembre et février, Lee réalise deux séjours à l'hôpital. Sans succès. Elle n'y trouve pas l'apaisement. Auprès des psychiatres et psychologues, elle ne se sent pas en confiance. Personne ne la comprend, on ne l'écoute pas vraiment. Comble du désespoir, elle doit endurer des séances de natation et revêtir un maillot de bain, elle qui ne supporte pas son corps ! Sourde à sa souffrance, la pédopsychiatre qui la suit se montre par ailleurs très culpabilisante vis-à-vis de Géraldine : la « faute » ne peut venir que d'elle, elle a surprotégé Lee, il faudrait briser cette relation mère-fille trop fusionnelle...

À sa sortie de l'hôpital, Lee s'installe donc chez son père. L'expérience n'est pas concluante. Elle revient auprès de sa mère. L'adolescente est complètement paumée, toujours aussi mal. Du fait de ses internements successifs, elle a accumulé beaucoup de retard sur le plan scolaire et refuse de se rendre au collège. Géraldine est désemparée, elle n'entrevoit pas d'issue de secours parce que, dans le fond, elle ne comprend pas. L'homosexualité, c'est tout de même admis ! Il y a forcément autre chose, elle est passée à côté… Et puis, un jour, elle tombe sur un reportage.

Le déclic

Dans ce reportage, des jeunes gens scandinaves s'expriment. Ils sont beaux, épanouis, rayonnants… et pourtant, ça n'a pas été facile pour eux, parce qu'ils ne sont pas nés dans le bon corps : le sexe qu'on leur a assigné à la naissance ne correspond pas à leur identité de genre. Ils l'expliquent aussi simplement que cela. Heureusement, ils ont été pris en charge et ont pu faire leur « transition », à grand renfort d'hormones et de chirurgie. Tout s'éclaire enfin. À travers ces jeunes gens, Géraldine a reconnu Lee.

Sans mot dire – toujours dans le souci de ne pas l'influencer –, elle lui montre le reportage. Lee ne manifeste rien sur le moment mais, en son for intérieur, les émotions déferlent. *Moi non plus je ne suis pas né dans le bon corps. Je suis un garçon, j'ai toujours été un garçon.* Et ce garçon aussi voudrait se sentir bien, être beau et épanoui… Lee cogite, effectue des recherches sur Internet, mûrit sa réflexion. Deux semaines plus tard, l'ado déclare solennellement à sa mère : « Je suis une personne transgenre. »

Cette déclaration est vécue comme un vrai soulagement pour l'un comme pour l'autre ; enfin des mots ont été mis sur cette situation. À présent, il va falloir chercher des solutions. Lee comprend que le parcours sera long et semé d'embûches. Auprès de ses amis, Lee assume pleinement sa transidentité et demande qu'on le genre au masculin, c'est du pain bénit pour ces harceleurs qui redoublent de méchanceté : « T'as même pas de bite, t'es pas un garçon. » Géraldine rencontre le directeur du collège pour expliquer la transidentité de Lee. Elle tombe des nues en découvrant le harcèlement que ce dernier a subi. Mais le personnel éducatif ne se positionne pas clairement et refuse de genrer Lee au masculin. Comment espérer que les élèves respectent la transidentité de Lee si les référents que sont les professeurs ne montrent pas l'exemple ? Il est grand temps de passer à la vitesse supérieure, de chercher de l'aide auprès de gens compétents et bienveillants.

La prise en charge

L'été qui suit, Lee et sa maman se trouvent à Montpellier au moment de la Gay Pride. Sur l'insistance de Lee, ils se joignent au défilé et font nombre de rencontres passionnantes : des ados trans et leurs parents ainsi que de nombreuses associations. Parmi ces gens, Lee est comme un poisson dans l'eau, il a trouvé une communauté qui lui ressemble, une famille. Et surtout, il obtient des contacts pour être pris en charge, enfin.

Au sein de l'association lyonnaise du Grettis (Groupe de recherche, d'étude et de traitement des troubles de l'identité sexuelle), Lee peut s'exprimer en toute bienveillance, dans l'empathie et le respect. Dès le premier rendez-vous, la psychologue s'est adressée à lui au masculin. Outre l'appui psychologique, l'association lui fournit des papiers à transmettre au collège pour faire bouger les choses. À l'issue d'une commission médicale, Lee se voit accorder officiellement le statut d'enfant transgenre avec nécessité d'être suivi. Lee peut entamer la première étape de sa transition : la prise de bloqueurs d'hormones pour stopper la puberté féminine. Une libération ! S'ensuivra la prise d'hormones masculines, et peut-être la chirurgie dans un troisième temps, notamment la mammectomie.

Les choses avancent rapidement. Lee est boosté, comme énergétisé par cette nouvelle vie qui s'ouvre devant lui. Il n'est qu'au tout début de sa transition mais, déjà, il s'affirme. Il communique beaucoup sur les réseaux sociaux, raconte sa vie, les épreuves qu'il a affrontées, ses espoirs… Il n'y a rien de narcissique dans sa démarche, il s'agit avant tout d'aider les personnes qui sont dans le même cas que lui. Il s'agit aussi d'un geste politique, une manière d'affirmer haut et fort : « On existe. On a le droit d'être là, on n'a pas à se cacher. » Son témoignage interpelle, les gens réagissent très favorablement, ce qui permet à l'ado de prendre confiance en lui, un sentiment tout nouveau dont il a bien l'intention de tirer le meilleur parti.

Si Lee veut aider, c'est aussi parce qu'il est conscient de sa chance : il peut compter sur le soutien d'une famille formidable. Même son père, Stéphane, rétif au premier abord car ne souhaitant pas précipiter les choses et laisser à Lee le temps de la réflexion, a accepté de s'adresser à Lee au masculin. Ses parents, ses grandes sœurs et petites nièces, tous l'aiment tendrement et lui insufflent le courage nécessaire pour s'accomplir.

Depuis l'émission

Ça n'a pas été facile pour Lee de se livrer sur le plateau de « Ça Commence Aujourd'hui ». D'abord parce qu'il ne supportait pas son physique et sa voix, encore féminine à l'époque. Cependant, le fait de s'exprimer en public lui a été bénéfique. Il a reçu de nombreux messages d'encouragement, mais aussi des manifestations d'admiration et de gratitude. Il est fier d'avoir contribué à donner de la visibilité à la cause qu'il chérit tant.

À l'issue d'une deuxième commission, Lee a pu entamer sa puberté masculine avec la prise de testostérone. Les effets ont été spectaculaires : voix, pilosité, déplacement des graisses… Puis, en octobre 2021, il a pu se faire retirer cette poitrine qui le complexait tant. L'opération s'est très bien passée, les cicatrices sont à peine visibles. Depuis la fin de sa convalescence, il pratique intensément la musculation pour se sculpter.

Aujourd'hui, il se sent bien dans ce nouveau corps qui lui ressemble chaque jour davantage. Il a repris les cours en présentiel et intégré un nouveau lycée. Cette fois, il a été présenté d'emblée comme Lee au masculin. Un nouveau départ. Bien sûr, il y a toujours des questions, des remarques un peu limites... mais, dans l'ensemble, pas vraiment de malveillance. Et, surtout, Lee a désormais suffisamment d'assurance pour laisser couler, poursuivre son chemin, avec fierté.

Note de l'éditeur : nous avons pris le parti de genrer ce récit au féminin , avec l'accord de Lee, jusqu'à la prise de conscience de sa transidentité pour respecter son chemin.

Tânia et Kevin

Des retrouvailles inespérées !

Émission du 26 mars 2021

C'est une émission un peu particulière que la production de « Ça Commence Aujourd'hui » nous propose pour cette édition spéciale « retrouvailles ».

Taniâ, étudiante lyonnaise de 25 ans, est venue nous partager le récit de sa quête des origines. Adoptée à l'âge de 9 mois et ne disposant que de très peu d'informations sur sa mère biologique, la jeune femme a longtemps laissé de côté cette part mystérieuse de son histoire. Puis un jour, elle a ressenti le besoin de consulter son dossier d'adoption. Une manière d'assouvir sa quête d'appartenance et d'en apprendre plus sur ses racines portugaises. Elle ne s'attendait certainement pas à découvrir un arbre aux ramifications si nombreuses :

dans la famille biologique de Taniâ, ils ne sont pas moins de neuf enfants, tous séparés, adoptés ou élevés par d'autres membres de leur famille, disséminés entre la France, le Portugal et l'Algérie.

Mais ce que Taniâ ne se sait pas, c'est que dans quelques minutes, elle va rencontrer les cadets de la fratrie pour la première fois en chair et en os. En direct sur le plateau, la jeune femme et sa drôle de tribu nous offrent un moment d'une intensité émotionnelle rare, un hymne à l'amour fraternel et à la puissance des liens du sang.

Une enfant adoptée

Taniâ est née en octobre 1994 à Paris. Ses parents ne lui ont jamais caché qu'elle était une enfant adoptée, recueillie à l'âge de 9 mois. De sa mère biologique, elle ne sait pas grand-chose, si ce n'est qu'elle est d'origine portugaise et qu'elle l'a abandonnée à l'âge de deux mois et demi… Elle sait aussi que cette femme a eu un enfant avant elle. Et c'est tout. Il faut bien se contenter de ces maigres informations. Alors elle se résigne. À sa majorité, elle pourra demander son dossier d'adoption et peut-être trouver les réponses aux questions qui la taraudent.

L'adolescence est une période compliquée pour Taniâ qui ne peut se départir d'un sentiment de rejet et oscille sans cesse entre la dépendance affective et la phobie sociale. Quand la jeune fille acquiert enfin sa majorité, le besoin d'en savoir plus sur ces origines se fait moins pressant. Elle procrastine parce que dans le fond, elle ne se sent pas prête, cette peur du rejet, encore. À 20 ans, elle saute finalement le pas et adresse sa demande de retrait de dossier à l'ASE. Un rendez-vous lui est accordé mais la jeune femme se rétracte soudainement. Tout compte fait, elle n'a pas envie de savoir. Sa mère ne voulait pas d'elle. Quel intérêt de la connaître ? Qu'est-ce que la consultation de ce dossier pourrait bien lui apporter ?

S'ensuit une longue période de déni. Taniâ assume évidemment le fait d'être une enfant adoptée et en parle sans problème quand on l'interroge, mais vraiment il ne s'agit pas d'un sujet important dans sa vie. Pour le moment elle se consacre à ses études de psychologie.

Un jour, alors qu'elle discute avec un camarade d'origine portugaise, la conversation s'oriente sur la génétique, les liens du sang, etc. Taniâ explique sa position : à titre personnel, la génétique lui importe peu. D'ailleurs elle-même a été adoptée et ne connaît pas ses origines, elle s'en porte très bien ! La réponse de son camarade est surprenante : il semble désolé, comme s'il avait commis une gaffe, c'est tout juste s'il ne lui adresse pas des condoléances ! Une telle réaction lui semble disproportionnée voire déplacée mais Taniâ est intriguée. Alors elle cogite… Après mûres réflexions, elle met le doigt sur le manque que cet étudiant a cru identifier en elle : le sentiment d'appartenance. De fait, il n'a pas tort, elle en est totalement dépourvue. Ce garçon, quant à lui, semble très attaché à ses racines portugaises et quelque part, elle l'envie un peu…

Au fil des mois, Taniâ chemine et de fil en aiguille, ses réflexions la mènent à une certitude : il est temps qu'elle retrouve ses racines. Plus qu'une envie, Taniâ sent qu'elle en a le besoin…

Le 1er juin 2020, dès que le déconfinement le lui permet, Taniâ relance la procédure pour obtenir son dossier d'adoption. Au téléphone, un agent accuse la réception de sa demande et l'informe : il a bien retrouvé le dossier, celui-ci n'est épais mais il y a tout de même quelques éléments intéressants.

Seulement, il lui faudra attendre plusieurs semaines pour en découvrir le contenu, c'est la procédure…

Août 2020. Nous y voilà. Le dossier est enfin arrivé. Il est là, posé sur la table dans son enveloppe. Taniâ avait prévu de l'ouvrir en compagnie de sa meilleure amie mais elle ne résiste pas : d'un coup sec, elle déchire l'enveloppe et dévore les pages. Comme elle l'escomptait, elle y découvre enfin le nom de sa mère mais aussi une photo. Sur le cliché en noir et blanc, la jeune femme doit avoir à peu près le même âge que Taniâ et la ressemblance est troublante. Les traits, l'expression, et ces cheveux ! Au moins, Taniâ sait à présent d'où lui vient cette tignasse indomptable ! Et surtout, elle découvre le sexe et l'âge de l'enfant né avant elle. Il s'agit d'une fille, née en 1991. De bien maigres éléments mais qui confèrent une dimension extrêmement concrète à la quête de Taniâ. À présent qu'elle sait que ces gens existent *vraiment*, elle mesure l'étendue du manque… et elle brûle de rencontrer sa grande sœur.

Immédiatement, Taniâ rédige un avis de recherche qu'elle traduit en Portugais avec l'aide de Google. Elle y joint la photo de sa mère et diffuse le tout sur les groupes Facebook franco-portugais qu'elle vient d'intégrer. À sa grande surprise, la communauté est extrêmement réactive et s'empresse de relayer son message. En moins de deux tours de cadran, le miracle Facebook se produit : 17 heures plus tard, le post de Taniâ atteint un petit village du Portugal…

Hop, un voyant rouge s'allume sur son compte, puis un deuxième, un troisième… Il s'agit d'invitations de gens qui portent le même nom de famille que sa mère biologique. Des cousins peut-être ? Le cœur de Taniâ bat à tout rompre. Puis viennent les messages privés. Parmi eux, celui d'une certaine Olga…

« Cette femme, c'est ma mère ». Par chance, Olga parle très bien Français et accepte d'échanger au téléphone. La jeune femme est âgée de 29 ans. Confiée à l'adoption alors qu'elle était bébé, elle a depuis longtemps mené ses propres recherches qu'elle lui partage bien volontiers : sa mère, *leur* mère donc, nul ne sait où elle se trouve. Mais ce qu'Olga sait, c'est que cette femme a eu au moins 5 enfants, tous abandonnés. Outre Olga, Taniâ découvre donc l'existence de deux sœurs. Fait troublant, l'une porte le même prénom qu'elle ! Et puis, il y a Kevin, le plus jeune de la fratrie, adopté en France également. Olga a eu l'occasion de discuter avec lui quand il avait 11 ans. Mais c'était en 2009. Depuis, plus de nouvelles, le jeune homme est sorti des radars…

Le contact entre les deux sœurs de même prénom ne passe pas, aussi Taniâ concentre-t-elle ses recherches sur son petit frère. Le problème, c'est que des Kevin nés en 1991 en France, il y en a des milliers… Taniâ ne connaît pas son nom de famille mais grâce à Olga, elle dispose d'une photo. On y voit un tout jeune homme qui joue de la guitare.

Kevin

Kevin est né en 1998. Avant d'être placé en famille d'accueil puis adopté, il a vécu brièvement avec l'un de ses oncles biologiques. Après cette cohabitation, une de ses tantes a repris contact avec lui et, grâce à elle, Kevin a appris qu'il avait une grande sœur, Olga, avec laquelle il a pu échanger un peu. Mais, après trois ou quatre visites sur une même année, elle a disparu sans crier gare. Un nouvel abandon pour Kevin. Dans le fond, à quoi bon chercher à créer un lien avec ces gens ? Sa vraie famille, ce sont les personnes qui l'ont recueilli, aimés, et avec qui il vit au quotidien. Tant pis, il vivra sans racine et se construira comme il pourra. Il ne sera ni le premier ni le dernier.

Mais ses racines le rattrapent onze ans plus tard, en septembre 2020 lorsque sa petite amie lui montre une photo qui circule sur les réseaux sociaux et que sa belle-sœur lui a transférée : lui-même, âgé de 11 ans, en train de jouer de la guitare. Oui c'est bien lui... D'ailleurs, il se souvient parfaitement du moment où la photo a été prise par sa tante biologique. Il lit l'avis de recherche et comprend que sa sœur le cherche... Mais pourquoi Olga a-t-elle adopté le pseudo de Taniâ ? Et que lui veut-elle ?

Sa réponse sur Messenger : « Olga ? »

Il ne le sait pas, mais ce simple prénom fait office de sésame. Taniâ a l'assurance qu'il ne s'agit pas d'un canular, c'est bien son petit frère Kevin de l'autre côté de l'écran. Autrement, comment connaitrait-il le prénom de leur sœur qu'elle a pris soin de ne pas mentionner sur son post ? Le soir même, ils discutent au téléphone cinq heures durant et tentent de démêler ensemble les fils de leur histoire familiale. Puis, quelques semaines plus tard, ils se rencontrent enfin en région parisienne où habite Kevin.

Pour l'un comme pour l'autre, c'est un moment très intense qui restera à jamais gravé dans leur mémoire. Le sentiment qui les submerge est assez indescriptible, une sorte d'attirance mais dépourvue de tout désir : ce type d'attraction porte un nom que l'étudiante en psychologie n'ignore pas : la « reconnaissance génétique ». Quelque chose de primitif, d'instinctif, comme si la part génétique en eux *savait* et leur criait : « cette personne, c'est ta chair, ton clan, c'est ce qui compte le plus dans ta vie » !

Sur le plateau de l'émission où Kevin rejoint Taniâ, leur complicité et la tendresse qu'ils se portent mutuellement est tout à fait palpable. On peine à croire que leur première rencontre ne date que de quelques mois. Mais la quête de Taniâ ne s'arrête pas là. Loin de là. Main dans la main, le frère et la sœur poursuivent le récit :

Après les retrouvailles avec son frère, Taniâ a réussi à rentrer en contact avec leur mère biologique, une relation en pointillé qui, à défaut d'être satisfaisante, lui a permis de rectifier une donnée non négligeable : ils ne sont pas 5, mais 9 frères et sœurs ! Parmi eux, des jumeaux de 16 ans, Megane et Mehdi, les petits cadets de la fratrie, qui habitent aussi en France.

Il n'est pas aisé de les retrouver car ils sont mineurs et ont vraisemblablement changé de nom et de prénom. Avec l'aide d'une détective privée, Taniâ finit par les identifier. Ils habitent à Angers. Comme ils sont mineurs, la loi lui interdit rentrer en contact directement avec eux. Elle doit faire appel à un médiateur. Ce dernier contacte les parents adoptifs des jumeaux.

Bastien et Camille

Dans la voiture qui ramène les jumeaux dans leur maison après une journée chez des amis, leurs parents leur font une drôle d'annonce. « Quand on sera rentrés à la maison, il faudra qu'on vous parle. » Bastien et Camille sont intrigués par la gravité du ton. Il ne leur semble pas avoir fait une bêtise dernièrement, de quoi peut-il bien être question ?

De retour chez eux, à peine ont-ils enlevé leurs chaussures que leur mère leur demande de s'asseoir sur le canapé. « Je vous préviens, ce que je vais vous annoncer va vous faire un choc ». Alors, elle leur montre la photo d'une jeune femme. « Cette fille, vous l'avez déjà rencontrée ? ». Bastien en est certain, il ne l'a jamais vue. Quant à Camille, elle lui trouve un air familier. Peut-être l'a-t-elle croisée dans la rue. Mais de qui s'agit-il ? La mère poursuit ses étranges questions : « Et tu ne trouves pas qu'elle te ressemble un petit peu ? » Oui en effet, peut-être, mais... mais...

« Cette jeune femme, c'est votre sœur biologique. »

Silence radio. Les yeux rivés au sol, les adolescents accusent le coup... plusieurs minutes s'écoulent dans la stupeur puis Bastien rompt timidement le silence. « Pour de vrai ? ». Oui, c'est bien vrai. Tandis que leur mère leur montre le mail du médiateur, Camille fond en larmes. Le trouble, la peur devant cette partie inconnue de leur vie qui se dévoile soudain, et surtout une joie immense, incommensurable ! À peine remise de ses émotions, elle appelle Taniâ.

La fratrie recomposée

La relation s'approfondit, la fratrie crée même un groupe WhatsApp et c'est quotidiennement qu'ils s'échangent nouvelles, blagues et photos. Parmi les neufs frères et sœurs, ils sont six à être en contact au moment de l'émission, les trois sœurs du Portugal ayant finalement rallié le groupe. Les jumeaux, ce sont les bébés, les petits chouchous. On les surnomme affectueusement « les têtards » ou encore les « Minimoys ». Kevin, qui est le plus jeune de sa famille adoptive, se plaît dans son nouveau statut de grand frère et il se surprend à se montrer très protecteur ! Bien sûr, ils aimeraient bien se rencontrer pour de vrai. Mais la distance, les confinements et les études des uns et des autres rendent la chose difficile. Si son emploi du temps le lui permet, Taniâ envisage de leur rendre visite l'été prochain…

C'est sans compter sur les pouvoirs magiques de l'équipe de « Ça Commence Aujourd'hui »… Eh oui, ce n'est pas pour rien que l'émission s'appelle ainsi ! Justement, il se trouve que des invités surprise sont attendus…

Incrédules, Taniâ et Kevin contemplent les jumeaux qui débarquent sur le plateau. Et il se produit un phénomène extraordinaire : spontanément, la fratrie se regroupe, se resserre, comme dans un cocon. Le temps de quelques minutes, on dirait que plus rien n'existe en dehors du quatuor enlacé. Une cellule familiale s'est formée sous nos yeux, la fameuse « reconnaissance génétique » à l'œuvre, en live ! Sur le plateau, personne ne répond plus de rien et on entend des reniflements çà et là. Il faut dire aussi que leur ressemblance est frappante, et pas seulement physiquement, il y a aussi une gestuelle, des expressions… En bonne grande sœur, Taniâ couve des yeux les jeunes gens avec lesquels elle partage ses racines. La jeune femme a de quoi être fière : par son opiniâtreté, elle a réussi le tour de force de réunir de parfaits inconnus dispersés aux quatre coins de la France. Et surtout, en bravant sa peur du rejet, elle a assouvi sa quête, au-delà de toutes ses espérances… Plus qu'une communauté, elle a mis au jour une magnifique tribu, soudée par un lien indéfectible : celui du sang. Ce qui est certain c'est qu'ils ne se quitteront pas de sitôt, et qui sait peut-être qu'un jour ils parviendront à se réunir tous les neufs ?

Depuis l'émission

La fratrie est enfin réunie, les trois derniers frères et sœurs ont répondu à l'appel, ils sont donc aujourd'hui tous les neuf en lien. Taniâ s'est particulièrement rapprochée d'une de ses sœurs qui vit en France, Véronique ; sur la réserve au départ, elles ont depuis noué une solide relation. Taniâ a tiré de cette aventure une nouvelle, une uchronie plus exactement, auto-publiée, *Neuf, dans cette vie ou dans une autre.* Kevin, quant à lui, avance également dans la vie, et est devenu il y a moins de deux ans père d'une petite fille.

Pauline

Quand la parole libère

Émission du 29 janvier 2021

Les chiffres sont terrifiants : un Français sur dix déclare avoir été victime d'inceste. Après la parution du livre La Familia grande *de Camille Kouchner, en janvier 2021, et dans la droite ligne de #MeToo, des milliers de voix se sont élevées pour dénoncer l'ignoble, une libération de la parole nécessaire que l'équipe de « Ça Commence Aujourd'hui » entend favoriser.*

Pauline, dix-sept ans, a répondu à l'appel à témoins de « CCA ». Dès l'âge de sept ans et jusqu'à ses onze ans, elle a été abusée une vingtaine de fois par le fils de sa belle-mère. Si la jeune fille a souhaité témoigner, c'est pour aider les autres victimes à briser le silence, montrer aussi que l'on peut malgré tout s'en sortir.

Mais le plus remarquable chez Pauline, c'est son sens de l'analyse : elle décortique pour nous les mécanismes de l'emprise, les raisons du silence, et brosse un tableau tout en nuances et en finesse d'une situation hélas bien plus courante qu'on ne le croit.

Une fratrie recomposée

Pauline est la fille cadette de sa famille. Elle a sept ans lorsque ses parents divorcent. Très vite, son père refait sa vie et emménage avec une femme qui a deux enfants : un garçon de l'âge de Lisa, la grande sœur de Pauline, et une fille de son âge.

Pauline aimerait bien que ses parents se remettent ensemble. Malgré tout, elle s'accommode de cette séparation et se réjouit de cette nouvelle fratrie avec laquelle elle partage quelques week-ends et vacances. Surtout, elle sait que son père est heureux, c'est le principal. Au sein de la famille recomposée, l'ambiance est plutôt joyeuse même s'il y a des chamailleries. Les enfants s'entendent bien, les tâches ménagères s'accomplissent dans la bonne humeur par équipe de deux. Pauline, sa grande sœur et la fille de leur belle-mère deviennent rapidement inséparables, elles forment un bon trio.

Et puis, il y a le garçon, Hugo, alors âgé de dix ans. Hugo, un enfant très sûr de lui et très intelligent, dont la précocité l'oriente déjà vers la sexualité ; il ne parle que de ça, même sa petite sœur le surnomme le « pervers sexuel ». À table il ne cesse de poser des questions au point de laisser sans voix le père de Pauline. La fillette, quant à elle, n'y comprend pas grand-chose…

Pauline et Hugo ne s'entendent pas particulièrement bien – ils ont trois ans d'écart et Pauline est un peu mal à l'aise voire légèrement impressionnée en sa présence –, mais ils affectionnent les mêmes jeux de société ; il leur arrive donc de se retrouver seuls dans la chambre de l'un ou de l'autre. C'est lors de ces moments que se noue leur « secret ».

Le secret

Ce « secret », ce sont des attouchements auxquels Hugo soumet Pauline, dans les mois qui ont suivi le début de la cohabitation.

Au début, rien de bien méchant, ce sont des bisous, des caresses. Puis, un jour, il lui baisse la culotte, la touche, l'incite à le toucher en retour. Pauline n'aime pas trop ça. Les bisous baveux, elle trouve ça un peu dégoûtant, et un zizi, ça sert à faire pipi... Du haut de ses sept ans, elle n'a strictement aucune idée de la dimension sexuelle de ces gestes. Encore faudrait-il qu'elle sache ce que « sexe » veut dire. Elle se laisse donc faire, mais demeure spectatrice.

Hugo, quant à lui, est tout à fait conscient du caractère sexuel et hautement illicite de ces jeux. Il l'enjoint au silence et sait se montrer persuasif : « Si les parents le font, c'est qu'il n'y a rien de mal à le faire. » Pauline n'en tire pas de souffrance à proprement parler. Ce sont juste des moments un peu désagréables à l'issue desquels elle retourne à ses jeux, comme si de rien n'était. Mais, au fil des mois, Hugo devient de plus en plus intrusif...

Un secret de plus en plus oppressant

De simplement désagréable, le secret est devenu sale, invasif et douloureux : sodomie, tentatives de pénétration dans le vagin à plusieurs reprises... Si Pauline déteste ces moments, elle ne développe pas pour autant de méfiance vis-à-vis de son agresseur. Hugo n'agit pas de manière systématique, parfois il ne se passe rien pendant plusieurs semaines ;

Pauline se dit alors qu'il est passé à autre chose et relâche sa vigilance. C'est toujours quand elle s'y attend le moins qu'elle se fait piéger : en plein milieu d'un jeu ou d'une tâche ménagère, Hugo ferme brusquement la porte et commence à « faire le secret ».

Lorsque Pauline refuse, il la supplie, la harcèle et n'est jamais à court d'arguments. « Allez, promis, ça ne durera que cinq minutes et après je te laisse tranquille. » Pauline se dit qu'elle a intérêt à se laisser faire, cinq minutes, ce n'est pas grand-chose, juste un mauvais moment à passer. Toute crispée, elle souffre en silence, les yeux fixés sur l'horloge murale.

À ce stade, Pauline a compris que ce qu'ils font, ce n'est pas bien, mais elle n'en mesure pas la gravité. Le mot « viol », elle ne l'a jamais entendu.

Les années passent, la petite fille s'affirme, elle se laisse moins facilement avoir par Hugo et développe des stratégies d'évitement. Un jour, par exemple, elle fait mine d'avoir ses règles (en réalité, elle n'est pas encore réglée). Le problème, c'est qu'Hugo n'aime pas du tout qu'on lui résiste…

La fois de trop

Le garçon aussi a grandi, ses demandes toujours plus pressantes ne sont pas systématiquement exaucées... Le jour de ses quatorze ans, Hugo se retrouve seul à la maison avec Pauline pendant une vingtaine de minutes. Il exige une fellation : « Allez, c'est mon anniversaire quand même, tu dois être gentille. » Pauline refuse. Avec beaucoup de violence, il l'empoigne et la contraint à s'exécuter. Ce jour-là, Pauline décèle un changement : son beau-frère ne cherche pas seulement son propre plaisir, il cherche à lui faire du mal à elle. De toutes les agressions qu'elle a subies, celle-ci n'est pas la plus douloureuse physiquement, mais incontestablement la plus douloureuse sur le plan émotionnel. Pauline se sent salie, humiliée, écœurée. Le traumatisme est tel qu'elle vomit et se lave longuement dans la salle de bains. Depuis ce jour où elle portait une queue-de-cheval, elle ne supporte plus d'avoir les cheveux attachés, elle se dégoûte...

Pourtant, une fois encore, elle garde le silence.

Les raisons du silence

Avec le recul – et c'est la Pauline entrée dans l'âge adulte qui parle –, il y a plusieurs raisons à ce silence, un enchevêtrement complexe de paramètres et de sentiments.

Il y a évidemment le sentiment de honte, commun à la plupart des victimes d'inceste : celle de son incapacité à résister, de son impuissance, la peur de ne pas être crue aussi.

Et puis, parler pour dire quoi ? Comment décrire ces agissements qui impliquent des parties du corps qu'on ne nomme pas ? Pauline serait bien en peine de raconter quoi que ce soit puisqu'elle ne maîtrise pas le vocabulaire du sexe... Quand Hugo la viole, il dit qu'ils « font le secret ».

Sans comprendre la gravité de ces actes, la petite fille pressent par ailleurs que, quelque part, l'équilibre familial est en jeu... Si elle trahissait le secret, il y aurait inévitablement des répercussions, elle ne sait pas lesquelles exactement ; elle pourrait se faire gronder, ses parents se fâcheraient... On peut dire qu'elle protège ses parents à tout prix. La relation avec sa mère est très bonne, Pauline veut préserver ses parents de tout conflit. Son père est heureux, il le lui a dit, pourquoi risquer de tout détruire ?

Enfin, il y a une forme de déni, le vain espoir que cela s'arrête. Pauline souffre, c'est certain, mais sa vie ne tourne pas non plus autour du fils de sa belle-mère. Elle s'efforce de ne pas y penser, comme si elle fermait une porte dans son esprit. De toute façon, elle ne passe que quelques journées par mois dans la maison de son père. Le reste du temps, elle est chez sa mère. Elle a son école, ses amis, ses activités, le quotidien est dense. Pauline renvoie l'image d'une enfant bien dans sa peau. Pauline devenait pourtant, selon sa mère, « de plus en plus compliquée », mais personne n'a vraiment cherché d'explication.

La vérité éclate au grand jour

L'été de ses onze ans, Pauline et sa sœur sont en vacances chez leur grand-mère paternelle. Hugo et sa sœur ne sont pas présents.

Mais, depuis peu, Hugo a fait l'acquisition d'un portable – Pauline en avait déjà un. Ils s'envoient des textos, et Hugo lui propose de jouer au « jeu des photos » : s'échanger des photos sur ce qui les entoure, un paysage, des objets du quotidien... Bien vite, Hugo demande à Pauline de lui adresser des photos intimes. Pauline cesse immédiatement de lui répondre... Lorsqu'elle reprend son téléphone, elle découvre une quarantaine de textos de son harceleur.

Et là, subitement, Pauline est saisie d'un affreux doute : et si Lisa, sa grande sœur, vivait la même chose ? « Toi aussi, tu fais le jeu des photos avec Hugo ? » lui demande-t-elle. Non, ce n'est pas le cas, mais Lisa est intriguée, elle la questionne. Voyant sa petite sœur embarrassée, elle creuse. Pauline se mure dans le silence, alors Lisa finit par s'emparer de son téléphone...

« Pauline, il se passe quoi avec Hugo ? »

Ce jour-là, une copine de Lisa se trouve avec les deux sœurs. Comme les mots ne sortent toujours pas, elle suggère à Pauline de les écrire. Voici ce que la fillette couche sur le papier : « Il veut tout le temps "faire le secret", comme quand on fait des enfants. » La copine comprend au quart de tour : « Ce que tu décris, ça s'appelle un *viol.* » Pauline se dit qu'elle dramatise un peu... cependant, elle se rend bien compte que Lisa et son amie sont choquées. Folles de rage. Effarée à son tour face à cette réaction qui dépasse ses craintes, Pauline fait jurer à sa sœur de ne rien dire.

Comprenant la gravité de ce qu'elle vient de découvrir, Lisa ne peut tenir sa promesse ; en larmes, elle s'empresse de prévenir son père par téléphone. Le soir même, Pauline discute avec sa grand-mère, qui se montre sceptique ; elle pleure beaucoup et finit par s'endormir. À son réveil, sa maman est là, à son chevet.

Stéphanie sait qu'une réaction trop violente pourrait braquer sa fille et empêcher l'éclosion de la vérité. Elle l'emmène sur la plage et la questionne d'un ton neutre en s'efforçant de ne pas trahir le sentiment d'horreur qui l'envahit au fil de la conversation. Le jour même, le papa de Pauline les rejoint. Lui aussi est bouleversé. À aucun moment, la parole de Pauline n'est mise en doute. C'est très réconfortant pour elle. Elle se sent libérée. *On me croit. Il ne recommencera pas. Plus jamais.*

De son côté, la belle-mère confronte son fils. Il avoue. Il y aura des conséquences, Pauline le sait, mais elle espère quand même que ce ne sera pas trop grave pour lui… Quoi qu'il en soit, ce n'est plus de son ressort. Stéphanie est fermement décidée à ce que justice soit faite. Elle dépose plainte quelques jours plus tard.

La machine judiciaire

Après la plainte, tout s'accélère. Pauline est conduite à l'Unité d'accueil des enfants en danger (UAED) du CHU où elle est examinée et auditionnée. Ce n'est pas facile de se livrer à une inconnue, mais le gendarme – spécialisé dans les agressions sur mineurs – sait trouver les mots pour la mettre en confiance. Cet homme a été tellement important pour elle qu'elle lui a confectionné, quelque temps plus tard, un bracelet aux couleurs de la gendarmerie. Son écoute a permis à Pauline de se sentir plus sereine, comme soulagée d'un poids.

Puis, après l'effervescence, il y a le silence en attendant le procès. Trois ans et demi s'écoulent, des années éprouvantes pour toute la famille. Malgré tout, il y a de bons moments. Parfois Pauline oublie un peu toute cette histoire... quelques mois se passent dans l'insouciance, puis soudain arrive un courrier administratif qui la replonge en arrière. Il y a aussi les harcèlements et diffamations auxquels se livrent les proches de sa sœur, qui étaient dans le même collège et l'entourage d'Hugo. Selon eux, ce serait Pauline la menteuse et manipulatrice, la perverse, « elle était consentante », ce serait même « elle qui l'aurait aguiché ».

En septembre 2017, le procès s'ouvre enfin, l'affaire est jugée par le Tribunal des Enfants. Pauline a de nouveau dû raconter sa version des faits au juge du Tribunal pour enfant. Un moment très violent où elle a eu le sentiment d'être remise en question. Heureusement, le juge n'est pas dupe de la version de l'accusé. Pauline est bel et bien une victime, la relation d'emprise est largement démontrée. Hugo écope de plusieurs mois avec sursis, deux ans de mise à l'épreuve, avec suivi obligatoire et 12 000 euros de dommages et intérêts. C'est un grand soulagement pour la jeune fille. La justice l'a réhabilitée. Ce n'est pas sa faute. Elle va pouvoir tourner la page.

Reconstruire

Tourner la page… pas si facile. Pauline est consciente qu'elle ne pourra jamais effacer cette partie de son histoire. On lui a volé son innocence et elle est condamnée à vivre en décalage avec les jeunes gens de son âge.

Comme Pauline le pressentait, l'éclatement de la vérité a entraîné des conséquences douloureuses. La famille recomposée a explosé, et la relation avec son père, qui n'était déjà pas facile, est devenue encore plus compliquée à l'issue du procès. Pauline en est peinée mais elle l'accepte, c'est comme ça. Dans cette affaire, il y a aussi eu des victimes collatérales : sa sœur, rongée par la culpabilité, celle de ne pas avoir vu, de ne pas avoir su protéger Pauline. Pour sa mère, Stéphanie, il faudra du temps pour dépasser cette souffrance et reprendre le cours de sa vie mise entre parenthèses du jour des révélations à celui du procès. Comme le rappelle justement l'avocat Marc Geiger au cours de l'émission, il est important de ne pas confondre : ces conséquences, ce ne sont pas celles de l'aveu, ce sont celles des agissements d'Hugo.

Aujourd'hui, Pauline va bien et se construit en tant que femme. Elle sait que, dans son malheur, elle a eu de la chance. Elle a été très entourée, elle a été écoutée, elle insiste d'ailleurs sur l'accompagnement pyschologique qui est absolument essentiel pour avancer. Et surtout on l'a tout de suite crue. Ce n'est hélas pas le cas de toutes les victimes d'inceste. C'est la raison pour laquelle elle témoigne : inciter à parler, et à écouter…

Note de l'éditeur : Certains prénoms ont été modifiés pour préserver l'anonymat des personnes concernées.

Rami

Son AVC l'a rendu plus fort

Émission du 5 avril 2018

Chaque année, environ 150 000 personnes sont victimes d'un accident vasculaire cérébral en France. Il s'agit de la première cause de handicap physique et de la deuxième cause de décès... On pense souvent que ce type d'accident ne touche que les personnes âgées ; à tort, car de plus en plus de jeunes y sont confrontés.

C'est le cas de Rami. Il y a trois ans, alors qu'il n'avait que vingt ans, un AVC a chamboulé son existence, irrémédiablement. Sur le plateau de « Ça Commence Aujourd'hui », il nous fait part de son long parcours du combattant pour vivre, recouvrer ses facultés et réaliser ses rêves...

Avant l'accident

À vingt ans, Rami est un jeune homme brillant : il suit des études d'ingénierie industrielle en internat à Lille, une formation exigeante à la fois scientifique et entrepreneuriale.

Sur le plan de la personnalité, il se considère lui-même comme un bavard. C'est cette aisance à l'oral qui lui a permis de réussir haut la main son examen d'admission dans l'école : lorsque le jury lui a demandé « Quel pays vous voulez visiter et pourquoi », Rami n'a pas hésité à bluffer. Il a prétexté vouloir partir en Australie pour la récolte des pamplemousses, et s'est montré extrêmement convaincant dans le développement de son analyse. Le jury a-t-il été dupe de cette passion pour les pamplemousses ? Rami ne le saura jamais, et peu importe – ce sont la rapidité, la qualité de l'expression et la capacité d'adaptation qui sont évaluées dans ce type d'épreuve. De ce point de vue-là, Rami coche incontestablement toutes les cases.

À l'image de sa personnalité expansive, Rami est plutôt du genre super actif, un peu artiste sur les bords. Vous l'aurez compris, son truc à lui, c'est l'expression, sous toutes ses formes. S'il a dû abandonner le théâtre depuis son entrée à l'internat, il joue de la guitare électrique dans un studio presque tous les soirs, dès que ses études le lui permettent. Mais sa passion par-dessus tout, c'est le *gaming*. Seul ou avec des potes, Rami s'adonne aux jeux vidéo jusqu'à dix heures par semaine ! À l'école, il rencontre une fille qui est devenue sa petite amie. Très attaché à sa famille, il voit ses parents une fois par mois, ainsi que ses trois petites sœurs. C'est un jeune homme en parfaite santé, entouré et heureux. Devant lui, l'avenir semble radieux...

Le premier jour du reste de sa vie

Jeudi 27 novembre 2014. Il est 17 heures. Rami rentre chez lui après un examen de culture générale. Depuis quelque temps, il est en proie à un léger mal de tête, comme une certaine lourdeur. Soudain, tandis qu'il retrouve sa petite amie, une immense douleur lui transperce l'arrière du crâne. Comme si un marteau-piqueur glacé lui perçait la tête. Le jeune homme s'effondre au sol. Là, il perd brièvement connaissance. Peut-être s'est-il écoulé trente secondes, peut-être deux minutes lorsqu'il reprend ses esprits. Affolée, sa petite amie est agenouillée au sol, elle crie :« Rami, ça va ? tu m'entends ? tu m'entends, réponds-moi… »

Rami voudrait la rassurer, il ouvre la bouche pour lui parler. Surprise… un drôle de son lui échappe, une sorte de magma vocal, quelque chose qui ne veut rien dire du tout. Rami se reprend. Nouvel échec. Il lui est impossible d'articuler quoi que ce soit. Sa bouche ne lui obéit plus…

Sa petite amie a le bon réflexe : elle appelle les pompiers. Rami voudrait l'en dissuader, il tente de se lever. C'est à ce moment-là qu'il réalise que ses membres non plus ne lui répondent pas. Horreur. Ses idées sont tout à fait claires, mais il se trouve prisonnier dans un corps invalide, comme si celui-ci s'était débranché de son cerveau.

Un déficit neurologique aussi brutal, ça ressemble terriblement à un accident vasculaire cérébral… À l'hôpital, on lui fait une IRM, à l'issue de laquelle le diagnostic est confirmé : il s'agit bien d'un AVC, de type ischémique. Également appelé infarctus cérébral, c'est le type d'AVC le plus fréquent, qui concerne 80 % des cas. Que se passe-t-il concrètement dans ce genre d'accident ? Un caillot de sang se forme dans le cerveau et obstrue une artère, empêchant la circulation sanguine. Le cerveau n'est plus irrigué et, à chaque minute qui passe, des neurones sont endommagés à tout jamais. Par chance, Rami a été pris en charge rapidement, son cas ne nécessite pas d'intervention chirurgicale. On lui administre un traitement par perfusion pour fluidifier le sang et restaurer la circulation sanguine. Le caillot est instantanément résorbé.

Il ne s'est écoulé qu'une heure et demie entre l'AVC et l'administration du traitement. C'est peu, pourtant c'est déjà trop. Certains dégâts seront irréversibles...

Juste après l'accident

Après le choc, il y a l'étonnement, et même une brève phase de déni : Rami ne peut pas croire qu'il a été victime d'un AVC, lui qui était jusqu'alors en parfaite santé. Il a vingt ans, ne fume pas, ne boit que de temps en temps en soirée... Les médecins partagent d'ailleurs son étonnement et le soumettent à une batterie de tests et d'examens. Sans résultat. Rami ne saura jamais pourquoi un tel accident l'a frappé, lui, ce jour-là.

Le jeune homme mesure très vite l'étendue des dégâts. Du jour ou lendemain, il ne peut plus parler, plus marcher, plus jouer de la guitare. Toutes ces facultés, constitutives de son identité, se sont envolées. C'est comme si son ancien moi était mort.

Le plus troublant pour lui, c'est cette incapacité totale à s'exprimer : l'aphasie. Quelques jours après l'accident, Rami demande à récupérer ses gourmettes ; comme il ne peut articuler quoi que ce soit, l'infirmière lui tend un tableau et un feutre – sa main gauche fonctionne à peu près. Au bout du feutre, à sa grande surprise, c'est le mot « huile » qui apparaît... Pourquoi ? Rami n'en sait fichtrement rien ! C'est d'autant plus frustrant que tout est parfaitement clair dans son esprit – seule la connexion avec le corps ne se fait pas, comme s'il y avait un faux contact...

Précisément, cette connexion, il va falloir la restaurer pour chaque mot, chaque geste, même le plus insignifiant. Après un mois en soins intensifs au service de neurologie de l'hôpital, Rami intègre un centre de rééducation. Plus de trente jours après l'accident, c'est à peine s'il arrive à dire « oui » ou « non » ! Un jour, en pleine séance d'orthophonie, Rami prend subitement conscience de l'immensité de la tâche qu'il va devoir accomplir. C'est juste vertigineux. Il s'écroule en larmes, il n'y arrivera jamais…

Le combat

Gagné un moment par la dépression, il trouve du réconfort auprès de ses parents et de ses petites sœurs. Rami est un battant et sa nature optimiste refait rapidement surface. À vingt ans, il lui est simplement inenvisageable de ne plus pouvoir marcher ni parler.

Le jeune homme a compris que le chemin serait long et ardu. En fait, c'est une montagne gigantesque qui se dresse devant lui et qu'il lui faudra gravir pas à pas. Justement, Rami est opiniâtre, les défis ne lui font pas peur. Il n'a pas le temps de s'apitoyer sur son sort, il doit se mettre au travail.

Marcher et parler. C'est son idée fixe, son mantra dans lequel il puise sa rage de vivre. Tous les médecins le diront, la volonté, c'est le nerf de la guerre. Les progrès de Rami sont presque imperceptibles, mais ils sont bien là ; au bout de deux mois, Rami parvient à dire « oui » et « non ». Après quatre mois, il réussit à dire « bonjour », et même à formuler des phrases simples de type « oui, ça va bien », « eau, s'il te plaît ». Il en va pareillement pour la marche. Rami est si pressé de recouvrer l'usage de ses jambes qu'il devance les exigences des kinésithérapeutes. Peu à peu, il apprend à se lever, à tenir debout… « Pas de fauteuil roulant, non merci », il préfère se débrouiller avec sa canne ; puis, quelques mois plus tard quand on lui tend sa canne : « Non, je peux marcher tout seul. » Se débrouiller. Seul. C'est important pour Rami. Il sait qu'il pourra toujours compter sur ses parents, mais il sait aussi que son autonomie est la condition de son bonheur.

Réaliser ses rêves

Après trois mois de rééducation, Rami peut enfin rentrer chez lui en continuant d'être suivi à l'hôpital de jour. Au bout d'une année, il a recouvré l'ensemble de ses facultés de base. Seule sa main droite ne répond absolument plus. Qu'à cela ne tienne, Rami est devenu gaucher !

Bien sûr, rien ne sera plus jamais comme avant. Rami ne peut pas se contenter de reprendre sa vie là où il l'a laissée, ce serait trop facile. En plus des dégâts physiques, il est maintenant très lent, il cherche encore ses mots, il a beaucoup de mal à se concentrer, notamment en mathématiques. Il est contraint de laisser tomber ses études.

Mais le jeune homme n'envisage pas pour autant de végéter chez ses parents en attendant que le temps passe. Puisqu'il ne peut pas étudier pour le moment, il va partir en voyage au Japon, un pays qui l'attire depuis toujours. Pourquoi remettre au lendemain la réalisation de ses rêves ? Depuis son accident, Rami a compris que la vie est fragile et il a développé une nouvelle philosophie : vivre au jour le jour, profiter de la vie et en cueillir chaque instant !

Rami s'envole donc à l'autre bout du monde pour un mois et demi de périple. Ses parents ne sont clairement pas rassurés, mais ce voyage est important pour lui, il a des choses à se prouver. Là-bas, Rami fait de splendides découvertes, il se fait même des amis... C'est une aventure magnifique qui restera à jamais gravée dans sa mémoire. Après le Japon, il décide de visiter l'Italie. L'aventure lui donne des ailes ; à son retour, Rami se met en tête de passer le permis de conduire – pour les personnes handicapées, ce n'est pas une mince affaire ! Il s'acharne tant et si bien qu'il l'obtient au bout de deux ans.

Partager son expérience

Maintenant que Rami peut s'exprimer de nouveau, il éprouve plus que jamais le besoin de partager son histoire. « Garder tout ça pour moi, c'est un coup à devenir fou », déclare-t-il. Un an après son accident, il se lance sur YouTube. Sa vidéo, « Seulement 20 ans », obtient 7 000 vues. Le sujet interpelle, la volonté de Rami fascine. Grâce à ce témoignage, il rencontre des jeunes qui ont vécu la même chose que lui. Il leur insuffle du courage et de la force. Non, la vie ne s'arrête pas. Oui, on peut vivre heureux après un AVC. Ce besoin de partager son expérience, c'est la raison de sa présence sur le plateau de « Ça Commence Aujourd'hui », l'occasion aussi de dire sa reconnaissance à sa famille. À un âge où les jeunes gens ne songent qu'à quitter le domicile parental, Rami a pris conscience que l'amour de ses parents est son bien le plus précieux.

Depuis l'émission

Grâce à un traitement UTOH, l'oxygénothérapie hyperbare, technique qui consiste à inhaler de l'oxygène à 100 %, ou des mélanges suroxygénés afin de restaurer les cellules endommagées, il a ainsi pu recouvrer une élocution cohérente et rythmée et améliorer ses capacités cognitives. Et il appréhende au quotidien son nouveau « moi » en acceptant que son ancien « moi » n'est plus.

Dans la continuité de son désir de partage et de solidarité, Rami a créé sa société spécialisée dans l'impression 3D pour les personnes à mobilité réduite, *OneHandDesigned* (www.onehanddesigned.com) afin de faciliter son quotidien et celui de personnes handicapées. Derrière l'aspect pratique, il délivre un message d'espoir avec ses inventions, en faisant de son AVC une force.

Dominique

Quand l'impensable arrive

Émission du 29 novembre 2018

Maladie, accident, bêtises adolescentes... On se prépare à tout quand on devient parent. Jamais à ce que Dominique et Sophie ont vécu : à l'âge de dix-sept ans, leur fils, Matthieu, a violé deux jeunes filles. Sa dernière victime, il l'a violée et tuée de 17 coups de couteau avant de brûler son corps... Pourtant rien ne laissait présager la survenance de l'horreur dans cette famille sans histoires. Sur le plateau de « Ça Commence Aujourd'hui », Dominique raconte : le choc, l'effroi, la culpabilité, la douloureuse étiquette de « père de meurtrier » dont il hérite à jamais. Comment tenir debout quand la société tout entière vous considère comme responsable ? Comment comprendre, avancer, et pardonner ? Sans chercher à amoindrir l'horreur du crime ni à occulter la douleur des victimes, Dominique nous livre un témoignage qui interroge la notion de responsabilité et nous invite à réfléchir au regard que nous portons sur les familles de criminels.

Une famille

Août 2010. Dominique et Sophie sont parents de trois enfants : Matthieu, 16 ans, Margaux, 11 ans, et la cadette, Zélie, âgée de 6 ans.

Établis dans un petit village du Gard depuis des années, ils forment une famille heureuse, connue et appréciée de tous. Si l'aîné, Matthieu, a rencontré de nombreuses difficultés scolaires du fait de sa dyslexie et de sa dyspraxie, celles-ci sont plutôt courantes voire banales. C'est un adolescent épanoui, un brin rebelle – Dominique sait qu'il lui arrive de fumer quelques joints –, mais surtout un grand tendre, plein d'égards pour ses petites sœurs et très entouré sur le plan amical.

En ce dimanche après-midi ensoleillé, la petite famille s'apprête à partir en vacances, direction le Morvan. Matthieu est rentré ce matin après une soirée pyjama avec ses amis du village. D'humeur légère, il semble content de ce départ imminent et aide volontiers son père à charger la voiture. C'est un moment familial tout à fait banal. Avec le recul, Dominique le décrit même comme un moment « heureux ».

Tandis que le père et le fils s'affairent dans le garage, Dominique remarque trois véhicules de gendarmerie stationnés devant la maison. Les gendarmes en sortent. Ils ne sont pas moins de sept… Dominique comprend instantanément qu'il s'est passé quelque chose de grave. Son épouse et ses enfants sont tous présents à la maison, en parfaite santé. Il semblerait donc que l'un d'entre eux ait fait quelque chose… Du fait de leur jeune âge, les deux filles sont exclues de tout soupçon. C'est forcément Matthieu qui est concerné, ça ne peut être que lui. En un quart de seconde, Dominique passe en revue toutes les possibilités. Une mauvaise blague ? Une histoire de drogue ? Une querelle ? Un cambriolage ? Qui sait de quoi les ados sont capables… À ce stade, il s'attend à peu près à tout. Sauf à ça…

« Viol », « couteau » « lien », telles sont les mots que Dominique saisit tandis que l'officier de gendarmerie s'adresse à son fils en aparté dans le jardin. Ces mots, Dominique les entend distinctement mais il peine à en dégager du sens, parce qu'ils relèvent d'un champ lexical totalement étranger à cette famille, ils ne collent pas du tout avec le garçon tendre et gentil que Dominique élève. Pourtant, Matthieu ne semble pas réagir. Loin de crier à l'injustice ou au malentendu, il se tient là, bras ballants, et acquiesce docilement aux paroles de l'officier : « Ce que tu as fait à Julie, c'est grave, ça s'appelle un viol. »

Le doute n'est pas permis. Il ne s'est écoulé que quelques minutes, Dominique et Sophie n'ont pas le temps d'encaisser le choc que déjà Matthieu est emmené à la gendarmerie. À ce moment-là, il ne leur vient pas à l'idée que leur garçon ne rentrera pas à la maison. Dans le monde de Dominique et de Sophie, les enfants ne commettent pas de crimes, a fortiori ils ne vont pas en prison… À quelle heure peuvent-ils passer le récupérer ? Non, ils n'ont pas bien compris, il s'agit d'une garde à vue, Matthieu passera une nuit en cellule, a minima. L'heure est grave. Très grave. Il va falloir trouver un avocat de toute urgence…

Auditionné à la gendarmerie dès le lendemain matin, Dominique découvre avec effroi la déposition de Matthieu que l'officier lui lit. C'est un récit ignoble, d'une violence inouïe : celui d'un viol perpétré sous la menace d'un couteau de cuisine. La victime, c'est Julie, une jeune fille du village que Matthieu et ses parents connaissent depuis toujours… Dominique est terrassé. Tout semble limpide : les faits sont avérés. Matthieu n'a même pas cherché à les nier. Et pourtant Dominique ne parvient pas à les relier à l'enfant qu'il connaît si bien. C'est insensé, c'est « fou » à proprement parler. Quant à Matthieu, il se tient silencieux, prostré sur son banc comme un petit garçon penaud. Prend-il seulement la mesure de la gravité de ses actes ?

L'avocate qui les a rejoints dès la première heure ne mâche pas ses mots et leur annonce la couleur : Matthieu a commis un crime avec circonstances aggravantes. Il risque vingt ans de prison. Le jeune homme n'a pas encore 16 ans, pourtant le temps de l'innocence est définitivement révolu.

En vingt-quatre heures, il a sombré dans le camp de l'ignoble, et entraîné toute la famille dans son sillage…

Incarcéré au centre pénitentiaire d'Avignon, Matthieu est examiné par des experts psychiatres et psychologues. Ces derniers, en concertation avec des éducateurs de la Protection judiciaire de la jeunesse laissent envisager une sortie anticipée de détention dans l'attente du procès. Matthieu pourra sortir de prison à condition bien sûr d'être soumis à un contrôle judiciaire, de suivre une psychothérapie et d'être scolarisé dans un autre département – il n'est plus autorisé à remettre les pieds dans le Gard. Confiants dans le jugement des experts, Sophie et Dominique s'évertuent donc à construire le projet pédagogique qui permettra à Matthieu de reprendre le cours de sa vie. Le couple se heurte à une vingtaine de refus avant de trouver un internat qui accepte d'accueillir leur fils.

Après quatre mois de réclusion, le jeune homme intègre le collège-lycée international Cévenol, un établissement privé situé dans le département de la Haute-Loire. Ce n'est pas une année facile. Des centaines de kilomètres séparent l'adolescent de ses parents, et l'équilibre familial est fragile. Les week-ends, la famille se retrouve tant bien que mal dans des gîtes ou chez les parents de Dominique…

Du cauchemar à l'enfer

Jeudi 17 novembre 2011. Seize mois se sont écoulés depuis le jour du basculement. Voilà presque un an que Matthieu a repris le lycée et il semble aller relativement bien. Il a des amis, et même une petite amie, Clémentine. Pas plus tard que la semaine dernière, la famille s'est retrouvée pour fêter l'anniversaire de Zélie.

En ce jeudi après-midi, Dominique vient de récupérer Margaux et un de ses camarades au collège. Alors qu'il s'apprête à entrer dans un tabac pour acheter des cigarettes, il reçoit un appel d'un numéro inconnu. Il s'agit de la gendarmerie d'Yssingeaux, sous-préfecture de la Haute-Loire. Matthieu se trouve en garde à vue dans le cadre d'une affaire de disparition, une jeune pensionnaire de Cévenol. On reviendra vers lui. On le tiendra au courant… À ce stade, Dominique n'en sait pas plus et refuse de s'alarmer. Les disparitions d'adolescents ne sont-elles pas banales ? Ne s'agit-il pas la majeure partie du temps de fugues ? Quelques heures plus tard, nouvel appel : Dominique est convoqué à la gendarmerie le lendemain, à la première heure.

Après une nuit sans sommeil, il se lève aux aurores et prend la route direction Yssingeaux. Tout au long du trajet, dans la solitude de sa petite voiture, il s'accroche à l'espoir que son fils ne soit pas impliqué dans cette histoire : après tout, il est logique qu'il soit interrogé dans la mesure où il a déjà un casier. Cela ne présage en rien de sa culpabilité. À son arrivée, il constate une grande effervescence dans la ville. Journalistes et caméras assiègent la gendarmerie. Une fois dans les locaux, il est reçu par plusieurs gendarmes et interrogés des heures durant. Sans surprise, il est question du passé judiciaire de Matthieu. Que s'est-il passé exactement, le 1er août 2010 ? Sur la présente affaire de disparition, Dominique n'en apprend pas plus. Lorsqu'il demande à voir son fils, on l'informe que ce dernier a été transféré dans une autre gendarmerie « pour sa sécurité ». Dominique n'y comprend plus rien… Les heures s'écoulent, l'espoir d'une issue positive pour Matthieu s'amenuise. Après son audition, Dominique est sommé de rester à disposition des gendarmes. Il est minuit passé quand il est enfin invité à pénétrer dans la gendarmerie où se trouve Matthieu. La gendarme qui le reçoit est de toute évidence haut gradée. Dominique s'est à peine assis qu'elle lui annonce de but en blanc l'objet de la garde à vue de son fils : Matthieu a de nouveau violé une jeune fille. Puis il l'a tuée avant de brûler son corps. Elle s'appelait Agnès, elle avait 13 ans.

Le choc est incommensurable. Dominique est dans un état second. Hébété, transi par l'horreur de ces révélations. Quand le sens se dérobe, il n'y a pas de place pour la réflexion ni même pour la colère, c'est tout ce qu'il croyait savoir, tout ce qu'il a construit qui s'effondre en un instant. Alors il s'accroche à un besoin qui devient bien vite une obsession. *Le voir. Je dois le voir.*

Sur l'insistance de son avocat, sa requête est acceptée. L'espace de trente secondes, sous l'étroite surveillance de trois gendarmes armés, Dominique peut entrevoir son fils. Les autres voient en lui un criminel. Lui ne voit que son petit garçon, sale, dépenaillé, désespérément seul dans un univers hostile. « Va-t'en, papa, va retrouver maman et les filles, c'est trop tard, j'ai tout gâché. »

« Je suis là, on sera toujours là… Ne t'inquiète pas. »

Ces mots-là, il ne les a pas préparés. Père. Il reste un père. Dans l'effondrement total de sa vie, de *leur* vie, c'est la seule chose dont il est certain.

« *Dans le camp des ignobles* »

L'affaire a bouleversé la France entière. Dans un contexte de débat sur la récidive, la presse se déchaîne et les « experts » défilent sur les plateaux télé. Les débats vont bon train, mais tous s'accordent sur un point : Un monstre. Matthieu est un monstre. Mais comment devient-on un monstre finalement ? Alors, face à l'horreur, on cherche à rationaliser, à déceler des causes, à remonter jusqu'à l'origine du mal. Les parents. Il faut chercher de leur côté, assurément… Quelle perversité peut bien habiter un tel couple ? Quel genre d'éducation ont-ils bien pu donner ? Quels signaux ont-ils ignorés ? Ce sont des milliers d'yeux accusateurs qui se braquent sur Dominique et Sophie. Pas d'empathie ni de pitié pour ces gens-là ! La culpabilité est immense, la solitude extrême. Dominique se sait plus solide que son épouse et s'efforce tant bien que mal de ne pas sombrer. Pour leurs filles, pour Matthieu aussi qu'ils continuent à voir autant que possible, environ une fois par semaine. À son égard, Dominique nourrit des sentiments clairs. Il y a ces actes – effroyables, indicibles, qui le hanteront à jamais –, et puis il y a le Matthieu qu'il connaît, la chair de leur chair, l'enfant qui les a comblés de joie pendant seize ans. Et celui-là, ils ne pourront jamais le renier. On ne cesse pas d'aimer un enfant du jour au lendemain. Ça aussi, on le leur reproche…

Mais la spirale infernale n'est pas terminée. La solitude et la honte trouvent leur paroxysme au moment du procès qui se tient à huis clos en juin 2013, trois ans après le meurtre d'Agnès. Dominique et Sophie sont définitivement relégués « dans le camp des ignobles » et, dans la salle du tribunal, leur mise au ban de la société prend une dimension concrète : c'est sur le banc des accusés qu'ils assisteront au procès, en tant que parents de mineurs et, de ce fait, « responsables » civilement. De l'autre côté de la salle, le « camp » des victimes, familles et associations. Les parents de Julie et, surtout, les parents d'Agnès. Eux ont perdu leur fille. Ils ne la reverront jamais. Leur douleur, Dominique l'imagine aisément, lui qui est aussi père de deux filles. Terrassé par le chagrin et par la honte, il ne peut se résoudre à affronter leurs regards.

Quinze jours durant, c'est toute leur intimité familiale qui est passée au crible de la justice. Ce procès, Sophie et Dominique le vivent comme un « désossement », celui de leur famille, du moins ce qu'il en reste. N'ont-ils pas été interpellés par le look gothique de Matthieu ? Par sa consommation de joints ? Son goût pour les jeux vidéo ? Est-il vrai que Dominique avait offert un Opinel à Matthieu ? Le moindre événement est analysé à l'aune des crimes pour composer un récit en apparence évident et cohérent. Mais ce que la justice oublie, c'est que Sophie et Dominique ne connaissaient pas la fin de l'histoire ! Non, *personne* ne pouvait prévoir, et ils le savent mieux que quiconque. Parce que le film, voilà trois ans qu'ils le repassent en boucle. Sans relâche. Jusqu'à devenir fous… Pour eux, l'origine du mal demeure un mystère. La maladie mentale. C'est leur seule piste pour « comprendre » les actes de Matthieu. Comment expliquer autrement son manque d'empathie totale à l'égard de ses victimes, lui qui avait pleuré toutes les larmes de son corps à la mort de son chat ? D'ailleurs Zélie, du haut de ses 7 ans l'a très bien compris : « Il y a un Matthieu méchant et moi je connais le Matthieu gentil. Je ne veux jamais rencontrer le Matthieu méchant… »

La maladie, c'est leur seule ligne de défense… Il ne s'agit évidemment pas de faire libérer Matthieu – d'ailleurs lui-même ne le souhaite aucunement, il se sait dangereux –, mais de lui apporter les soins dont il a besoin. Malgré le témoignage de neuf experts, ils ne sont pas entendus. Après de longues heures de délibération, le verdict est prononcé. La Justice reconnaît que le discernement de Matthieu était « altéré » au moment du crime. Pas « aboli ». La nuance est fondamentale, car Matthieu est ainsi reconnu comme responsable de ses actes. Fait exceptionnel pour un mineur, il est condamné à la réclusion criminelle à perpétuité. Autrement dit : Matthieu est considéré comme irrécupérable. En appel, deux ans plus tard, Dominique et Sophie obtiennent enfin la reconnaissance de la maladie de Matthieu avec obligation de soins. C'est un vrai soulagement à l'issue duquel ils vont pouvoir entamer leur reconstruction.

La reconstruction

Après le procès, Dominique et Sophie se sont autorisés à aller mieux. Pour ce faire, ils ont su s'entourer et solliciter l'aide nécessaire auprès de psychiatres et psychologues. Les années ont passé. Matthieu a été transféré dans une prison en Alsace. Le couple échange régulièrement avec lui au téléphone et lui rend visite une fois par mois. De temps en temps, quand les études des filles le leur permettent, la famille se retrouve au complet, le temps d'un café dans le parloir de la prison. La fratrie demeure soudée, même si les rôles se sont quelque peu inversés. Margaux se montre très protectrice vis-à-vis de son frère. Elle fait véritablement figure de grande sœur.

Et puis un jour, ils ont eu envie – le besoin – de s'exprimer. Dans un livre, ils ont partagé leur douloureux récit[1]. Une démarche cathartique, une manière aussi de faire connaître l'*autre* Matthieu, l'enfant si solaire et si doux qui leur a donné tant de joie. Parents, ils le sont et le resteront, à perpétuité…

C'est également dans cette optique que Dominique a souhaité livrer son témoignage dans « Ça Commence aujourd'hui ». Une manière d'interpeler la société, de rappeler que, derrière chaque crime, il y a des victimes directes mais aussi des victimes collatérales. La famille du coupable en fait assurément partie.

1. Sophie et Dominique Moulinas, *Parents à perpétuité*, Flammarion, 2016.

Dominique et Sophie refusent d'être réduits aux actes de leur fils. Enfin, il y a la volonté de tendre la main aux parents qui seraient concernés : « Si, avec mon témoignage, je pouvais donner ne serait-ce qu'un petit coup de main à des personnes qui sont dans le même cas eh bien, ce sera une mission accomplie… », déclare Dominique.

Liliane

Quand l'amour est éternel

Émission du 12 juin 2019

À l'heure où un mariage sur deux s'achève par un divorce, Liliane et Roger défient toutes les statistiques. Ensemble depuis plus de soixante-cinq ans, ils font partie de ces couples qui ont su affronter les tempêtes de la vie. Leur navire a pu tanguer, prendre l'eau, mais il n'a jamais sombré. Filmés par leur petit-fils Gary, qui a par la suite diffusé la vidéo sur Facebook, ils sont rapidement devenus des stars sur les réseaux sociaux : les grands-parents que tout le monde rêverait d'avoir ! Au-delà de la sympathie qu'ils suscitent, les deux octogénaires sont porteurs d'un beau message d'espoir pour tous les couples : l'amour peut durer toujours – à condition d'en prendre soin.

Sur le plateau de « Ça Commence Aujourd'hui », Roger et Liliane nous racontent leur histoire et nous livrent leurs recettes : de l'humour, de la joie de vivre, des compromis et beaucoup d'attentions.

La rencontre

1954, Tunis. Liliane est âgée de dix-neuf ans. C'est une jeune fille réservée et discrète, mais toujours pleine de joie de vivre. Ce qu'elle aime par-dessus tout, chanter et danser ! Un jour, lors d'une soirée chez sa tante, elle rencontre un ami de son cousin : Roger, de quatre ans son aîné. La discussion est d'emblée très agréable, légère mais pas superficielle ; et surtout, Liliane rit beaucoup… Il va sans dire qu'elle est sous le charme du jeune homme.

De son côté, Roger a repéré depuis longtemps cette jeune fille qu'il avait croisée à plusieurs reprises dans un quartier de Tunis. Déjà subjugué par sa beauté (« la plus belle de la ville »), il découvre une personnalité vive et amusante. Il en tombe instantanément amoureux.

Cependant, la demoiselle ne manque pas de prétendants. Roger n'a pas une minute à perdre et, dès le lendemain, il met tout en œuvre pour la courtiser. Tous les jours, il l'attend à la sortie de son travail (Liliane est secrétaire dans une société de produits pharmaceutiques) et lui téléphone. Il sait qu'il dispose d'une arme infaillible : son humour, auquel Liliane est tout à fait réceptive. Sa stratégie fonctionne, le couple se forme dans les semaines qui suivent.

Six mois plus tard, c'est encore sous le signe de l'humour que Roger lui demande sa main Leurs noms de famille respectifs commençant tous deux par la lettre B, il lui lance : « Est-ce que tu veux m'épouser et comme ça, tu ne changes pas d'initiales ? » Pour Liliane, c'est une évidence. Roger est son premier amour et il restera l'unique.

Mais avant d'acter les fiançailles, Roger doit demander la main de Liliane à son père en bonne et due forme. C'est un passage obligé dans les « bonnes familles » comme les leurs. Pour ce faire, Roger ne laisse rien au hasard, il achète même des gants blancs pour l'occasion. Le père accepte, les deux familles se rencontrent et s'apprécient. La mère de Roger est plus que conquise : « C'est elle qu'il te faut ! » déclare-t-elle immédiatement. Un an plus tard, le 19 mars 1955, Roger et Liliane se marient.

Tout à leur bonheur, ils sont certains de s'aimer et de vouloir avancer ensemble. Ils ne savent pas encore que le mariage est loin d'être un long fleuve tranquille…

Pour le meilleur et pour le pire

Comme de nombreux jeunes couples, Liliane et Roger n'ont pas beaucoup d'argent au début de leur mariage, ils vivent d'amour et d'eau fraîche, le tout parfois entrecoupés de petites querelles. Ce n'est pas toujours facile de cohabiter, certains ajustements sont nécessaires. Un an après leur mariage, naissance de leur fils Ary, premier fruit de leur amour. La parentalité, c'est pour eux une évidence, leur bonheur est sans nuages mais, six mois plus tard, leur vie prend un autre tournant. Roger est muté en Belgique pour son travail. Le changement de décor est radical. Du jour au lendemain, la petite famille est propulsée dans un village désert, sans repères, dans le froid de l'hiver. Pour Liliane qui passe ses journées à la maison avec son bébé, c'est trop dur, alors elle finit par s'installer chez les parents de Roger à Troyes – elle s'entend à merveille avec sa belle-mère – et pose un ultimatum à Roger : « Cherche un travail ailleurs, sinon je ne tiendrai pas ! »

Roger est prêt à tout pour le bonheur de sa femme. Il se démène, et la direction de son entreprise finit par lui proposer un poste à Marseille. Là-bas le couple retrouve un mode de vie qui lui correspond, un climat plus favorable et de nombreuses connaissances de Tunisie du fait de l'exode des Français consécutif à la proclamation de l'indépendance du pays.

En 1958, Liliane donne naissance à leur deuxième fils, Dan. Là encore, leur bonheur est immense mais, très vite, une nouvelle mutation vient chambouler leur vie : Roger est muté dans le nord de la France, près de Maubeuge à la frontière belge. Avant le départ, son entreprise lui a promis un logement de fonction tout confort. Sur place, Roger et Liliane déchantent en découvrant une maison rudimentaire, dépourvue de chauffage et même d'eau courante… Pour Liliane qui élève deux enfants en bas âge, c'est une période particulièrement difficile, mais elle prend sur elle pour ne pas en tenir rigueur à son mari. Peu à peu, le couple entreprend des travaux pour améliorer leur confort. D'habitat hostile, la maison se transforme en foyer accueillant et joyeux, un petit nid au sein duquel ils accueillent leur fille, Any, en 1961.

Neuf années s'écoulent, la famille est bien établie, Liliane a même trouvé du travail dans la région. Mais, une fois de plus, ils ne prendront pas racine : Roger est envoyé à Poitiers pour le travail. Retour à la case départ, il va falloir de nouveau tout reconstruire. Liliane ne se sent pas bien dans cette ville, si loin de sa famille, mais elle prend son mal en patience, elle sait que Poitiers ne sera qu'une étape. Quelques années plus tard, quand les enfants entrent dans l'adolescence, ils s'installent à Paris, pour de bon cette fois. Pour son travail, Roger doit s'absenter souvent pendant des jours, voire des semaines… Bien sûr la séparation est toujours douloureuse mais, quand ils se retrouvent, c'est le feu d'artifice.

Les enfants grandissent et finissent par quitter le nid. Liliane et Roger sont fiers de leurs parcours : Ary est chirurgien, Dan est médecin généraliste et Any est podologue. Roger entame sa retraite. C'est une nouvelle phase de leur vie de couple qui commence, bientôt peuplée d'une ribambelle de petits-enfants. Liliane et Roger sont les piliers d'une grande famille (3 enfants, 7 petits-enfants et

4 arrière-petites-filles et un arrière-petit-fils) qu'ils aiment par-dessus tout réunir.

Si Roger a énormément voyagé au cours de sa carrière, il n'a jamais vraiment aimé ça. Il se définit lui-même comme quelqu'un de casanier. En revanche, Liliane a toujours eu la fibre d'une « globe-trotteuse », comme Roger aime à l'appeler. Elle décide à son tour de découvrir d'autres horizons. Dans le cadre d'une association féminine qui intervient dans des centres de jour pour les personnes âgées, Liliane parcourt le monde : Russie, Brésil, Cambodge, Thaïlande, Chine, Inde... De superbes voyages où Roger ne l'a jamais accompagnée. La séparation est toujours douloureuse, mais les retrouvailles n'en sont que plus heureuses. C'est aussi dans cet espace de liberté que s'épanouit leur amour.

L'amour après soixante ans de vie commune

En soixante-cinq ans, évidemment la relation évolue. Liliane et Roger ont depuis longtemps perdu leur fougue d'antan, d'ailleurs ils ne partagent plus le même lit depuis que Roger a été très malade. Liliane ne parvenait pas à dormir alors elle lui a dit : « Roger, faut qu'on soit sérieux, c'est mieux si on dort chacun de notre côté pour qu'on se sente libre de se coucher quand on veut. » Et ça marche très bien !

Si la passion a disparu, Roger et Liliane se disent toujours amoureux. C'est un amour discret qui ne s'embarrasse pas de gestes intempestifs et de roucoulades, mais le lien qui les unit, tissé par les habitudes, les souvenirs partagés, le respect mutuel et la complicité, est indestructible.

Cet amour qu'ils se portent se prolonge dans celui qu'ils vouent à leur grande famille et qu'ils manifestent sans cesse par le don, qu'il s'agisse de paroles, d'actes ou encore de bons repas en famille. Leur porte est toujours grande ouverte pour accueillir les uns et les autres. La convivialité, c'est leur seconde nature.

Leur petit-fils Gary, comédien de profession, se montre particulièrement assidu à leur table. Un soir, à la fin d'un repas, le jeune homme s'est mis à les filmer et à capturer des fous rires, des moments de vie. La vidéo, postée sur YouTube, a fait le buzz. Depuis, Gary réalise régulièrement de courtes vidéos de ses grands-parents, et le succès est au rendez-vous ! Suivis par plus de 400 000 personnes sur Facebook, Liliane et Roger sont souvent reconnus dans la rue, et ils ont même signé un livre de cuisine familiale !

Leur secret

C'est l'humour qui a scellé leur union, c'est dans l'humour qu'ils vivront jusqu'à ce que la mort les sépare. Toute leur vie durant, l'humour et son corollaire la joie de vivre ont été leurs armes pour affronter toutes les situations.

Outre l'humour, la préservation de la liberté de chacun constitue un ingrédient fondamental de l'épanouissement d'un couple. À cet égard, Liliane et Roger se sont toujours efforcés de se ménager un espace à soi : Liliane à travers ses voyages, Roger à travers ses moments en tête à tête avec son ordinateur. « Tant qu'il respecte mes choix et que je respecte les siens, tout va bien », résume Liliane. C'est une erreur de croire que, parce qu'on est amoureux, il faudrait être sans cesse scotchés. Au contraire, chacun doit pouvoir évoluer au rythme qui lui correspond pourvu que des moments à deux soient sanctuarisés. Liliane a un tempérament hyperactif, elle se lève tôt le matin pour mener à bien toutes ses occupations. Roger, de nature plus tranquille, se réveille un peu plus tard, mais Liliane lui prépare toujours son petit jus d'orange et ils ne manqueraient pour rien au monde les repas ensemble !

Et puis, il y a la délicatesse, toutes ces petites attentions qui font la joie du quotidien et qui sont le sel de l'amour. Sur ce point, Liliane est particulièrement reconnaissante envers son mari. Quant à Roger, il ne mâche pas ses mots : sa femme, c'est sa lumière, son soleil, un éblouissement renouvelé chaque jour.

Leur conseil aux jeunes couples

Il y a une chose que Liliane et Roger ne comprennent vraiment pas, c'est cette manie que les gens ont de divorcer, alors même que la plupart des couples ont eu l'occasion de tester leur amour avant de se marier. Serait-ce parce que l'amour est souvent confondu avec la passion ?

Quoi qu'il en soit, ils recommandent d'être patients et de ne négliger l'autre sous aucun prétexte. De garder son calme autant que possible aussi. Roger et Liliane mettent en garde contre les disputes du quotidien qui engendrent des discussions stériles et qui risquent d'apporter plus de problèmes qu'autre chose. La stratégie de Roger en cas de dispute, c'est de garder le silence, savoir se taire ! Parfois, mieux vaut laisser son partenaire débiter sa rancœur, sans l'alimenter, et, par la suite, répondre dans le calme en reprenant les choses de manière tranquille.

Depuis l'émission

Liliane, d'un dynamisme à toute épreuve, se prête bien volontiers au jeu des réseaux sociaux ; elle en est même devenue une égérie grâce aux vidéos YouTube faites avec son petit-fils Gary, son premier fan ! Après le buzz de la première vidéo, elle lui avait d'ailleurs lancé, non sans humour : « Je crois que je deviens Alzheimer, des gens dans la rue me disent "bonjour Liliane", mais je ne les reconnais pas... ».

En juin 2022, Roger s'est éteint à l'âge de quatre-vingt-douze ans. Faustine et toute l'équipe de « Ça Commence Aujourd'hui » ont été très émus en apprenant la triste nouvelle. Ils se souviendront longtemps de ce couple extraordinaire.

Sur le compte Facebook de Roger et Liliane, leur petit-fils Gary a écrit un très beau texte destiné à son grand-père.

« *Mon papi, aujourd'hui, je ne suis pas triste, car je n'ai aucun regret. Je suis un petit-fils comblé et je te remercie pour notre histoire…* »

Mais c'est par un mot à l'adresse de sa grand-mère qu'il a tenu à conclure ce vibrant hommage :

« *Mamie* […] *sache que je t'aime fort et que tu ne seras jamais seule. Tu as cette force impressionnante pour surmonter chaque épreuve. C'est difficile d'imaginer Roger et Liliane sans Roger, mais votre histoire d'amour est éternelle et, comme papi aimait bien confondre les prénoms, laisse-moi aujourd'hui t'appeler Liliane ou Roger.* »

Camille

Viol, parler pour se reconstruire

Émission du 21 janvier 2022

Le 19 juin 2021, Camille, jeune femme de vingt-quatre ans, a été victime d'un viol en réunion alors qu'elle se trouvait seule à son bureau. En l'espace de quelques minutes, sa vie a été bouleversée à jamais. Comment se relever quand on se sent dépossédée de son propre corps, meurtrie au plus profond de sa chair ? Sur le plateau de « Ça Commence Aujourd'hui », la jeune femme raconte le choc, l'hébétude, le sentiment de souillure, puis la lente reconstruction – une prise de parole fondamentale, d'abord pour mieux guérir, mais également pour adresser un message d'espoir à toutes les autres victimes et, surtout, « faire changer la honte de camp ».

Un matin comme un autre

Après un BTS communication, Camille réalise une mission de service civique au sein d'une association niçoise. Depuis que la secrétaire est en arrêt maladie, c'est elle qui est en charge de l'ouverture des locaux le matin.

Ce 19 juin 2021, Camille est arrivée un petit peu en avance, comme à son habitude. Elle se gare dans la rue, entre dans les locaux de l'association et se livre à son rituel matinal : couper l'alarme, relever le courrier, maintenir la porte de son bureau ouverte à l'aide d'un cale-porte, puis déverrouiller la porte d'accès au public. Il est 10 heures. Elle s'apprête à se mettre au travail quand elle entend la porte d'entrée s'ouvrir. Deux hommes pénètrent dans son bureau et la saluent. Elle les salue en retour en souriant comme il se doit. L'un d'eux prend l'initiative de refermer la porte derrière lui. « Non, inutile de la fermer, monsieur. » L'homme n'en tient pas compte. « Tu te tais et tu te laisses faire », lui ordonne-t-il au lieu de cela. Camille ne comprend pas bien… L'un des deux individus se plante devant elle et la toise avec un grand sourire tandis que l'autre se place à son côté et la cloue sur sa chaise en s'appuyant très fortement sur son bras. Plus que la violence de son geste, ce sont ses mots qui glacent la jeune femme : « T'inquiète pas, tu vas kiffer. » À ce moment-là, Camille comprend que les deux visiteurs ne sont pas venus pour voler des ordinateurs ou ses effets personnels. Ils sont venus pour lui faire du mal à *elle*. Tout se passe très vite, déjà l'homme glisse les mains sous son T-shirt.

Camille craint pour sa vie. Elle ouvre la bouche pour crier, mais aucun son n'en sort. Tout son corps est tétanisé, comme si son esprit s'en était dissocié. Spectatrice, elle contemple la scène avec horreur. *Se laisser faire.* Voilà ce que lui dicte son instinct. Une main s'est introduite dans son pantalon et force violemment son intimité. Tandis que Camille pleure et gémit de douleur, ses deux agresseurs échangent des blagues entre eux et lui enjoignent de se taire. Elle entend distinctement le bruit d'une braguette que l'on ouvre…

C'est alors que le téléphone se met à sonner. Il est à quelques centimètres d'elle. Le nom d'un collègue s'affiche sur l'écran. Camille voudrait attraper le combiné et hurler « À l'aide », mais elle est pétrifiée par la peur. Les deux hommes n'y prêtent pas attention. La sonnerie cesse. Quelques secondes plus tard, une deuxième sonnerie retentit, cette fois sur son portable. Manifestement, ce collègue cherche à la joindre absolument. Les deux individus se consultent du regard. *Par pitié, continue, ne t'arrête pas de sonner.*

La sonnerie s'interrompt, pour reprendre quelques instants plus tard. Cette fois, les hommes s'arrêtent net. Ils se rhabillent en toute hâte et disparaissent aussi vite qu'ils sont arrivés en prenant tout de même soin de remettre le cale-porte. Comme si de rien n'était.

Quelques minutes s'écoulent, peut-être plus – Camille a perdu toute notion du temps –, elle reste clouée sur sa chaise, hébétée, et se repasse la scène en boucle. *Pourquoi ? qu'est-ce que j'ai fait pour que ça m'arrive à moi ?* Soudain, elle s'aperçoit qu'elle est toujours à demi nue. Elle se rhabille et boucle la ceinture de son pantalon. Ils sont partis, c'est fini... Elle ne sait pas quoi faire, alors elle allume son ordinateur, se met au travail comme un automate. Continuer. Passer à autre chose. Faire comme si rien ne s'était produit. Le téléphone se remet encore à sonner. Cette fois, Camille décroche. Au bout du fil, son collègue : « Allô, Camille ? Qu'est-ce qu'il se passe ? Pourquoi tu ne décrochais pas ? »

Elle fond en larmes et explique qu'elle vient de se faire agresser.

« Appelle la police et ne bouge pas, on arrive. »

Sous le choc

Quand la police se présente une vingtaine de minutes plus tard, Camille n'a pas décollé de sa chaise. Elle est toujours dans un état second.

Les forces de police tentent de la rassurer. La description de ses agresseurs a bien été enregistrée, des brigades sont en train de tourner dans le quartier pour les attraper. Lorsque le président de l'association arrive et veut la prendre dans ses bras pour la réconforter, Camille se crispe malgré elle et le repousse. C'est viscéral. Elle a besoin de respirer et demande à sortir quelques minutes.

On lui expose ensuite la démarche à suivre : examen médical, dépôt de plainte... Mais Camille n'imprime pas, elle est complètement ailleurs. À vrai dire, elle a besoin d'une personne par-dessus tout, son copain. Sans lui, elle ne va pas réussir à affronter tout ça. Le jeune homme est prévenu et s'empresse de retrouver sa compagne. À son arrivée, les policiers lui interdisent de la toucher. Elle doit se rendre sur-le-champ à l'hôpital afin qu'on prélève d'éventuelles traces d'ADN de ses agresseurs sur son corps.

Camille est embarquée dans une voiture avec des policiers. « Ne vous inquiétez pas, mademoiselle, ça va aller », lui dit l'un d'eux. Dans l'esprit de Camille, ces mots font écho à ceux qu'on lui a adressés une heure plus tôt : « T'inquiète pas, tu vas kiffer. » Elle réalise subitement qu'elle se trouve seule, entourée d'hommes qu'elle ne connaît pas. En panique, elle se blottit contre la portière tout au long du trajet. À l'hôpital, on l'emmène voir un gynécologue. Un homme.

C'est la goutte d'eau… Camille refuse d'être examinée, sinon par une femme. Même avec les deux praticiennes qui se présentent ultérieurement, l'examen est très compliqué. Les gynécologues l'informent qu'elle a des déchirures similaires à celles d'un accouchement et qu'elle risque d'avoir des hématomes. Mais surtout, des mots sont posés : « Ce que vous avez subi, madame, c'est un *viol*, un viol en réunion. » C'est à ce moment précis que Camille prend vraiment la mesure de ce qui lui est arrivé. Oui, elle a été violée. Ils sont entrés à l'intérieur d'elle, ils ont tout brisé et ils s'en sont allés avec une partie d'elle…

Malgré l'épuisement physique et psychologique, la jeune femme doit encore déposer plainte au commissariat et raconter une énième fois son histoire, un moment particulièrement éprouvant. Heureusement, son compagnon est présent. Il ne dit pas grand-chose, il se contente d'être là, avec elle, et c'est tout ce dont elle a besoin.

L'effondrement

L'agression a eu lieu vers 10 heures. Il est 17 heures quand Camille regagne enfin son domicile. À peine la porte fermée, elle s'effondre dans l'entrée et déverse des torrents de larmes.

Son compagnon aimerait bien l'aider, mais il ne sait pas trop comment s'y prendre. Alors il lui propose de lui faire couler un bain et d'aller se coucher. Camille se lave longuement. Elle voudrait effacer la trace des agresseurs sur elle, en elle. En vain. La souillure semble indélébile. Le lendemain et les jours qui suivent, elle reste prostrée sur le canapé, un taser dans une main, son téléphone dans l'autre.

Les jours et les mois passent, Camille n'est plus que l'ombre d'elle-même. Elle qui était une jeune femme si solaire est devenue craintive et renfermée. Elle ne supporte plus qu'on la touche et ne peut sortir qu'accompagnée dans la rue – et encore, elle panique dès qu'elle croise des hommes qui ressemblent vaguement à ses agresseurs. En proie aux crises d'angoisse et aux terreurs nocturnes, elle doit prendre des somnifères. Elle se lave des dizaines de fois par jour, mais rien n'y fait, le sentiment de souillure demeure. Elle se dit qu'elle ne pourra jamais accueillir un enfant dans ce corps impur.

Sa vie est brisée, et pourtant ses agresseurs continuent de vivre en toute impunité. La police ne les a jamais identifiés. Les traces d'ADN relevées sur son corps ne correspondent pas à celles de criminels déjà fichés, et l'objectif de la caméra de surveillance du bâtiment était obstrué par une branche au moment de l'agression.

La reconstruction

Dans son malheur, Camille a la chance d'être très entourée, par sa famille, par ses amis qui se montrent très attentifs à son égard et bien sûr par son compagnon en or qui a su mettre sa colère en sourdine pour se consacrer entièrement à elle. Évidemment, ce qui est arrivé à Camille est extrêmement douloureux pour eux aussi, notamment pour sa mère qui a été totalement dévastée. Mais en racontant son agression à son père quelque temps plus tard, Camille se sent tout à coup délestée d'un poids. C'est le déclic. Elle a envie d'avancer. Sur les conseils de sa maman, elle consulte une psychologue.

Auprès de cette thérapeute, une amie de la famille, la jeune femme panse ses blessures. Peu à peu, elle prend conscience qu'elle est vivante, brisée en mille morceaux mais vivante. Alors elle choisit de vivre.

Les mois ont passé, sa belle-sœur a accouché. Une joie immense pour la famille. Pour ce bébé, Camille a envie d'être une tata enjouée et rayonnante ! Elle se dit même qu'elle pourrait peut-être un jour envisager de fonder une famille avec son compagnon. Leur relation, c'est du béton armé.

Un an et demi après l'agression, elle ne se sent pas encore complètement guérie, mais elle mesure le chemin parcouru. En partageant son histoire, elle a découvert avec stupeur que certaines amies proches avaient elles aussi été violées – elles avaient préféré se taire, parce qu'elles avaient honte. Alors, pour toutes les autres, Camille a décidé de parler. Encore plus fort.

Le message de Camille

C'est l'une des raisons de sa présence sur le plateau de « Ça Commence Aujourd'hui ». Parler, Camille en est convaincue, c'est ce qui la sauvera. Parce que la parole fait partie intégrante du processus de reconstruction. En nommant le traumatisme, on le met à distance, on s'approprie son histoire et on reconstruit cette partie brisée en nous. « Plus j'en parle, plus j'avance, plus je me réconcilie avec moi-même », résume la jeune femme. Outre ses nombreuses vertus, la parole a le mérite d'être contagieuse. « Si ma parole peut libérer celle des autres, même une seule, je me dirai que tout ça n'est pas arrivé pour rien », déclare Camille.

Son ambition, c'est aussi de « faire changer la honte de camp ». Ce sont les agresseurs qui doivent la ressentir, cette honte. Elle et toutes les femmes dans son cas ne sont coupables de rien, elles n'ont pas à se cacher, elles sont des *victimes*, et surtout d'extraordinaires battantes.

Diane

Ses victoires contre la maladie et son combat pour le bonheur

Émission du 31 janvier 2022

Qu'il s'agisse de soulager une rage de dent, une maladie chronique ou encore une migraine, des millions de Français se voient prescrire chaque année des anti-douleurs de la famille des opioïdes. Si ces remèdes sont souvent extrêmement efficaces contre la douleur, ils sont susceptibles d'engendrer une addiction et peuvent constituer à terme un vrai danger pour ceux qui les consomment.

L'engrenage de la dépendance, Diane le connaît très bien. Victime d'une maladie chronique depuis l'âge de quatorze ans et sous opioïdes depuis une dizaine d'années, elle n'a pris la mesure de son addiction que très récemment, il y a quelques mois. Sur le plateau de « Ça Commence Aujourd'hui », la jeune femme a souhaité témoigner – une manière de sensibiliser le grand public sur les risques que font courir ces substances et aussi de tendre la main à toutes les personnes concernées en brisant le tabou de la dépendance médicamenteuse.

Croquer la vie à pleines dents

Diane est une jeune fille joyeuse et sociable, toujours entourée d'une ribambelle d'amis. Dès l'âge de dix-neuf ans, elle rencontre Xavier, l'homme de sa vie. Ensemble ils profitent à fond de leur jeunesse, voyagent, font la fête. Leur bonheur est sans nuages… Enfin presque.

Depuis quelques années, une douleur lancinante assombrit régulièrement le quotidien de Diane. C'est une douleur étrange, localisée sur le visage et le cou, qui s'apparente un peu à une décharge électrique. Diane n'a strictement aucune idée de son origine. Heureusement la douleur ne dure jamais longtemps. La jeune fille n'en parle pas à ses parents, ils ont déjà eu à affronter les graves problèmes de santé de son frère quelques années auparavant. À quoi bon les inquiéter ? Elle n'en parle pas trop non plus à son compagnon. Elle n'est pas du genre à s'apitoyer sur son sort, et puis ça ne l'empêche pas de vivre une jeunesse « normale », et même très heureuse. Jusqu'au jour où la douleur atteint un nouveau palier.

Le basculement

Diane a vingt-trois ans, elle se trouve à une soirée chez des amis. Soudain, une douleur d'une intensité inouïe lui transperce le côté droit du visage, comme si on lui plantait un tournevis dans l'œil. Très vite sa paupière descend, un œdème se forme, son visage rougit. C'est insoutenable. Xavier appelle SOS Médecins, mais les délais d'attente sont interminables et Diane, dans un état second, est incapable de décrire la douleur. Elle se dit qu'elle va mourir. La souffrance finit par s'estomper au petit matin.

Diane ne consulte pas immédiatement, elle veut croire que cela ne se reproduira jamais. Quelque part, elle est dans le déni. Hélas, le soir même, l'horrible douleur revient, toujours aussi aiguë, toujours aussi insoutenable. Hors de question qu'elle revive un tel cauchemar. Cette fois, elle se rend chez un médecin dès le lendemain. Après une courte consultation, celui-ci ne parvient pas à identifier la cause de son mal. Il lui prescrit malgré tout du tramadol, un antalgique opioïde léger, pour la soulager.

Diane se souvient très bien de sa première prise : elle est instantanément propulsée dans un autre monde, enveloppée dans un nuage de coton. Elle ne sait pas qu'elle vient de mettre le doigt dans une spirale infernale…

L'engrenage

Très rapidement, au bout d'un mois environ. Diane connaît ses premières crises de manque : tremblements, bouffées de chaleur et sudation, crampes sur tout le corps, impossibilité de tenir en place. Elle ne fait pourtant pas directement le lien avec le tramadol, supposant d'abord qu'elle est grippée ou qu'il s'agit d'un effet secondaire d'un autre médicament.

Malgré la prise régulière de cet antalgique, les douleurs nocturnes persistent. Le médecin décide d'augmenter les doses, encore et encore. Diane atteint les 500 mg de tramadol par jour, alors que la dose maximale légale est de 400 mg. À quoi vient s'ajouter de la morphine quand la douleur est insupportable. Le propre de ces médicaments, comme l'explique Laurent Karila, psychiatre spécialisé dans l'addictologie, c'est qu'en stimulant certains récepteurs du cerveau ils génèrent accoutumance et dépendance physiologique. De la dépendance à l'addiction, il n'y a qu'un pas, et la frontière est d'autant plus ténue que les personnes sont vulnérables psychiquement.

Vulnérable, Diane l'est assurément. Parce que le mal qui la ronge n'a jamais été nommé. Parce que sa maladie ne lui semble pas légitime et qu'elle finit même par se demander si elle n'est pas folle. Et si la douleur n'était qu'une création de son imagination ? Pourtant, cette douleur est tout à fait tangible et, chaque soir, elle vient le lui rappeler dans toute son intensité. À la fatigue due aux insomnies s'ajoutent les effets secondaires des opioïdes. Plongée dans un état léthargique toute la journée, la jeune femme peine à suivre ses cours (elle prépare un BTS) ou même une émission de télé. Le visage creusé, la peau sur les os, elle n'est plus que l'ombre d'elle-même, ses amis ne la comprennent pas et se détournent d'elle.

Le diagnostic de la maladie, soulagement et deuxième descente aux enfers.

Diane obtient tant bien que mal son BTS et poursuit ses études en ressources humaines. Mais un jour, tandis qu'elle se rend en cours, une crise de douleur survient. C'est la première fois que cela se produit en plein jour. Elle est admise au Centre des urgences céphalées qui se situe côté de son école. Là-bas, l'équipe médicale détermine aussitôt de quoi il retourne : la jeune femme est victime d'une algie vasculaire de la face, une affection neurologique dont la cause reste méconnue.

Diane n'a jamais entendu parler de cette maladie, pourtant elle éprouve un vif soulagement. Elle n'est pas folle, elle est *malade*. Et puis, qui dit diagnostic dit espoir de guérison ! À cet égard, les médecins se montrent rassurants. En effet, des traitements existent…

À ce moment-là, Diane n'imagine pas qu'elle s'apprête à mettre un pas de plus en enfer. Certes, les traitements existent, mais ils sont très lourds, pas toujours efficaces et leurs effets secondaires sont monstrueux : jambes gonflées, pertes de connaissance et de cheveux, nausées et vomissements. C'est en vain que Diane les endure : son mal ne s'estompe pas.

Puisque les médicaments ne fonctionnent pas, la chirurgie prend le relais. En sept ans, elle est opérée 12 fois dont 7 fois la même année. Des erreurs sont commises, son mal s'aggrave. La jeune femme est à bout, désemparée et en colère. Et pendant tout ce temps, elle continue à consommer du tramadol. Elle n'a aucune raison d'arrêter puisqu'on continue de le lui prescrire.

Dans cette errance médicale, les années se succèdent comme un chemin de croix. Il y a quelques éclaircies, des moments de bonheur même : son mariage avec Xavier et aussi la maternité qu'elle croyait impossible du fait de sa maladie. Sa première grossesse, Diane la vit comme une bouffée d'air, une parenthèse enchantée presque dépourvue de souffrances... En revanche, sa deuxième grossesse est plus complexe. Après une fausse couche qui l'a beaucoup affectée, Diane consomme énormément de tramadol au moment où elle tombe de nouveau enceinte. Elle est consciente du danger que représente ce médicament pour son bébé, mais ne parvient pas pour autant à diminuer les doses. Auprès des gynécologues qui la suivent, elle se sent d'emblée jugée et condamnée. Elle est une mère indigne, voilà ce qu'elle lit dans leurs yeux, voilà comment elle se sent. Malgré tout, elle continue. C'est un cercle vicieux. À la fin de la grossesse, le poids de la culpabilité est trop fort. Hospitalisée en neurologie, elle sombre dans la dépression. On continue de lui administrer ses antidouleurs qu'elle n'a pas la force de refuser. Dans cette terrible épreuve, elle trouve malgré tout un gynécologue et une équipe médicale bienveillante, à l'écoute pour l'accompagner, sans que jamais elle ne se sente jugée par eux.

Xavier, quant à lui, a compris depuis bien longtemps que le tramadol a pris une place bien trop importante dans la vie de sa femme. Pourtant, quand il aborde le sujet avec elle, elle est dans le déni. « J'arrête quand je veux », prétend-elle.

Sortir du déni

Neuf ans ont passé depuis la première crise. Diane a consulté des dizaines de médecins, elle a été soumise à des dizaines de traitements et d'opérations. Malgré l'inefficacité avérée du tramadol sur sa douleur, aucun des médecins n'a jamais remis en cause cette prescription, à l'exception d'un seul.

C'est une neurologue du CHU de Rouen qui, pour la première fois, fronce le sourcil en découvrant que Diane est sous traitement opioïde depuis près de dix ans. D'après elle, non seulement il n'est d'aucune utilité dans son cas (car le tramadol ne peut rien contre les douleurs de l'algie vasculaire), mais sa patiente a développé une addiction à ce médicament ! Diane est en danger, il va falloir sérieusement envisager de diminuer les doses.

Pas si simple. Pour la première fois, Diane est bien obligée d'affronter la réalité : oui, elle est addict. Elle n'est pas maîtresse de son corps, mais esclave de ce médicament qui lui fait du mal. Il s'agit d'un constat humiliant. Un soulagement aussi. Elle n'a plus besoin de mentir, ni à son entourage ni à elle-même, elle sait au fond d'elle que cette prise de conscience est la première étape pour se libérer de cette dépendance. Évidemment, il n'est pas question de supprimer les doses du jour au lendemain, Diane est trop fragile, son addiction est trop ancrée. Mais elle est déterminée à se faire accompagner en vue d'un sevrage, et, surtout, elle assume enfin, elle en parle autour d'elle et ça lui fait un bien fou !

En communiquant sur les réseaux sociaux – via Facebook et son compte *Les maux en couleurs* & Instagram *@les_maux_en_couleurs*, elle s'aperçoit aussi que son addiction est loin d'être un cas isolé. La dépendance aux opioïdes touche en réalité énormément de monde, d'ailleurs les forums regorgent de témoignages à ce sujet. Dans une certaine mesure, il s'agit d'une pensée réconfortante (Diane se sent moins seule) mais également terrifiante…

Un sujet de société

De fait, l'addiction aux opioïdes a pris une ampleur phénoménale ces dix dernières années. Surnommé la « nouvelle héroïne », le tramadol est l'opioïde le plus consommé en France, et le deuxième médicament que l'on retrouve sur les ordonnances falsifiées. Si le phénomène est très documenté outre-Atlantique, notamment au Canada où l'on parle d'« épidémie d'opioïdes », il est encore méconnu en France, alors même que l'addiction au tramadol y constitue la première cause d'overdose médicamenteuse.

Si Diane a souhaité participer à l'émission, c'est précisément pour tirer la sonnette d'alarme et sensibiliser tant les personnes qui consomment ces médicaments que les médecins qui les prescrivent. À cet égard, la jeune femme pointe du doigt un véritable manque d'information quant au danger des traitements par opioïdes et plaide pour une évaluation systématique des risques encourus par le patient avant toute prescription de ces antidouleurs. Elle réclame également un peu de bienveillance de la part des soignants et de l'ensemble de la société en rappelant que l'addiction médicamenteuse n'est pas un choix ni une preuve de faiblesse. Personne ne peut juger avant d'être concerné.

Depuis l'émission

Afin de partager plus avant son expérience et son combat, et ainsi aider les autres par son témoignage, Diane a publié il y a quelques mois son autobiographie aux éditions Leduc, *Mes maux en couleur : et mon combat pour le bonheur*, fruit d'un travail de plus de deux ans. Cet ouvrage est une belle concrétisation et une manière de sensibiliser la société au tabou autour de l'addiction et au handicap invisible.

Une victoire de plus dans son parcours, elle a aujourd'hui divisé par deux son traitement au tramadol, une lutte au quotidien certes, mais une avancée extrêmement positive dans son sevrage. Et la confirmation qu'on peut transformer sa souffrance en force.

Margaux

Partager pour informer

Émission du 12 avril 2022

Le 6 novembre 2021, Margaux, étudiante lilloise de dix-neuf ans, se réveille à l'hôpital. Comment est-elle arrivée là ? Elle n'en a pas la moindre idée… Et pour cause, elle a été droguée à son insu au GHB. L'ingestion de cette substance, surnommée la « drogue du violeur », entraîne un état de sédation, raison pour laquelle elle est souvent utilisée à des fins criminelles. L'appel à témoins de la jeune fille sur Twitter pour reconstituer le fil de sa soirée a été relayé 30 000 fois. À l'instar de Margaux, les victimes sont de plus en plus nombreuses à prendre la parole pour dénoncer ce type d'agression. Une expérience d'autant plus traumatisante qu'il est souvent impossible de prouver quoi que ce soit… Pour

Margaux, il est fondamental de témoigner pour alerter et inviter les jeunes femmes à redoubler de vigilance : ça n'arrive pas qu'aux autres !

Comme un mauvais rêve

Margaux ouvre les yeux. Autour d'elle, des murs blancs, du matériel médical. Elle se trouve manifestement dans un hôpital. Pourtant, elle ne souffre pas, elle se sent plutôt reposée, comme après une bonne nuit de sommeil… Il est 9 heures.

Affolée, elle s'empare de la feuille de soins posée sur la table de chevet et lit : « Malaise sur la voie publique, alcool + drogue ? » Voilà qui ne lui ressemble pas, elle qui fait toujours attention à ne pas trop boire… Elle n'a pas la gueule de bois, pas même un mal de crâne.

Comment est-elle arrivée là ? Margaux n'en a pas la moindre idée. En fait, ses souvenirs de la veille s'arrêtent à un moment précis, à 1 h 15 : elle se trouvait dans le carré VIP d'une boîte de nuit avec son amie Jade et a regardé l'heure sur son portable. Après, c'est le néant. Black-out total.

C'est alors qu'elle remarque deux tampons de boîtes de nuit apposés sur ses mains. L'un correspond à celle où elle se rappelle être allée, The Room. Le Network, en revanche, elle n'a pas le moindre souvenir d'y avoir mis les pieds. Pourtant, si elle en croit cette marque sur sa main, la soirée a continué après 1 h 15... Que s'est-il passé ? Qui l'a conduite à l'hôpital ? A-t-elle été agressée ? Violée ? Où est Jade ? Les questions se bousculent dans sa tête. Margaux est en panique, elle fond en larmes. Elle voudrait téléphoner et joindre son amie. Elle saisit son sac, se rend compte qu'il est vide. Le cauchemar continue...

Une infirmière l'autorise à passer un appel depuis le téléphone fixe de l'hôpital. Margaux tape le seul numéro qu'elle connaît par cœur, celui de sa mère. « Maman, je suis à l'hôpital. J'ai été droguée. »

Oui, c'est son intime conviction. La drogue du violeur, Margaux en a entendu parler, il n'y a pas d'autre explication à sa perte de mémoire. Sur les conseils de la police où elle se rend à sa sortie de l'hôpital, Margaux va lancer un appel à témoins pour tenter d'identifier son agresseur et recoller les morceaux de cette nuit d'horreur. La soirée avait pourtant bien commencé...

Margaux

Lille, vendredi 5 novembre 2021. Margaux retrouve Jade au Delirium, un petit bar du Vieux Lille où elles ont leurs habitudes. Jade, c'est sa meilleure amie et aussi sa partenaire de soirée préférée. Ce soir, après le bar, elles ont prévu d'aller danser dans une boîte qu'elles affectionnent, le Network.

Au bar, Jade tombe par hasard sur quelqu'un qu'elle a déjà croisé à des soirées. Elle ne le connaît pas très bien, elle sait juste qu'il s'appelle Paul. Elle lui présente Margaux, et les trois jeunes gens engagent la discussion, sur un mode amical. Paul est sur le départ, il s'apprête à rejoindre des amis dans une boîte : The Room. Il semble très excité, d'humeur festive, et leur propose de l'accompagner. Pourquoi pas ? Ce n'est pas ce que Margaux et Jade avaient prévu, mais elles n'ont aucune raison de refuser, après tout elles sont venues pour faire la fête !

Paul a réservé un carré VIP avec ses amis. Les deux filles font un tour sur le dance-floor puis rejoignent le groupe à la table. Un serveur apporte des bouteilles, du hard et du soft. Les bouteilles sont débouchées sous leurs yeux. Paul a l'air vraiment content de se trouver en compagnie des deux filles.

Galant, il les sert en premier. À ce moment-là, Margaux jette un coup d'œil sur son portable. Il est 1 h 15, la soirée ne fait que commencer ! Elle boit son verre. Ensuite, c'est comme si la lumière s'éteignait.

Jade

2 heures. C'est agaçant, Paul ne cesse d'accaparer Margaux. De toute évidence, elle lui plaît ! Et Margaux n'est visiblement pas hostile à l'attention dont elle est l'objet. Enfin, à vrai dire, elle est plutôt passive, comme si elle était complètement shootée. Elle a dû forcer sur l'alcool…

Jade s'ennuie un peu, elle n'aime pas trop cette boîte, elle aurait préféré s'en tenir au plan initial. Alors Jade prend sa copine à part : « Viens, on s'en va, on va au Network. » Le garçon, qui n'a pas lâché Margaux d'une semelle, demande à les accompagner. Soit.

Margaux est vraiment déchaînée ce soir, Jade l'avait déjà vue pompette, mais jamais bourrée à ce point ! Elle titube, tape sur les voitures, une vraie furie. À cause d'elle, ils mettent vingt minutes à se rendre au Network, pourtant situé à quelques centaines de mètres. Jade est énervée par l'attitude de son amie, en qui elle a habituellement toute confiance. Une fois à l'intérieur de la boîte, elle prend Margaux entre quatre yeux : « Arrête de boire maintenant, assieds-toi là et tiens-toi un peu. » Paul reste à son côté. Lorsque Jade sollicite son amie pour l'accompagner aux toilettes (elles y vont toujours ensemble), Margaux se montre très agressive et la repousse. Paul la rassure : « Vas-y, t'inquiète, je reste avec elle, on bouge pas. »

Seulement voilà, quand Jade revient des toilettes, Paul et Margaux ont disparu…

Sofiane

Sofiane est pompier volontaire. Ce soir, il n'est pas en service et s'apprête à boire un verre avec son ami, pompier lui aussi.

Il est 3 heures du matin. Tandis qu'il cherche une place pour se garer dans le quartier des bars, il remarque une jeune fille effondrée sur le sol devant une boîte de nuit. Autour d'elle, une petite assemblée de passants. Ça ressemble à un coma éthylique. Puis la jeune fille se met à vomir… du sang.

Sofiane et son ami s'approchent et mettent la jeune fille en PLS pour éviter qu'elle ne s'étouffe.

Un garçon est avec elle, il se présente comme son petit ami. « C'est ma copine, elle a juste un peu trop bu. J'ai l'habitude avec elle. Ses parents vont la tuer s'ils la voient comme ça, je vais la ramener chez moi. » Ce qui est étonnant, c'est qu'il ne connaît visiblement pas le nom de famille de la jeune fille. L'état de cette dernière se dégrade. Sofiane et son ami décident d'appeler le SAMU. Mais le garçon n'est pas du tout d'accord, il minimise la situation. Les deux pompiers persistent. Quand les secours arrivent, le garçon prend ses jambes à son cou… Sofiane porte la jeune fille inanimée jusqu'à l'ambulance qui doit la conduire à l'hôpital.

Quelques jours plus tard, il tombe sur cet appel à témoins sur Twitter :

RT SVP. Je me suis réveillée aux urgences, black-out total. Mon seul souvenir n'est qu'un seul et unique verre offert. Les infirmiers m'ont dit que j'avais été droguée cette nuit du 5 au 6 novembre. Évidemment, plus de téléphone ni CB, plus de carte d'identité non plus, et les espèces que j'avais retirées ont disparu de mon sac. Je suis sortie à The Room puis au Network sur Lille. Je ne me souviens même pas d'avoir décalé au Network. Bien que l'on ne m'ait pas touchée (je l'espère, du moins), j'ai de grosses douleurs à l'abdomen. Si jamais quelqu'un m'a vue, dans un bon comme dans un mauvais état, dans l'une de ces deux boîtes de nuit, qu'il m'envoie un message, histoire que j'essaie de recoller les morceaux et que je retrouve au moins mon téléphone.

Sofiane s'empresse de contacter la jeune fille.

Margaux

Grâce à son appel à témoins qui a été relayé des dizaines de milliers de fois, Margaux a pu reconstituer le fil de sa soirée. Le comportement de Paul ne laisse aucun doute, c'est lui qui l'a droguée. Elle mesure sa chance que les deux pompiers soient passés par là. Sans cela, Margaux n'ose imaginer ce qui aurait pu se passer… Et si Paul l'avait emmenée chez lui ? Jusqu'où comptait-il aller ?

Elle voudrait que justice soit faite, ne serait-ce que pour empêcher ce type de recommencer. Malheureusement, elle ne dispose d'aucun élément pour appuyer sa déclaration. Malgré sa demande à son réveil, le personnel de l'hôpital n'a pas jugé bon de lui faire un test de dépistage de GHB – il s'agit manifestement d'un test complexe qui ne fait pas partie du protocole. Le problème, c'est que, passé un délai de douze heures, la substance n'est plus présente dans le sang et les urines de la personne qui l'a ingérée. Sans test, pas de preuve. Sans preuve, pas d'enquête... Le jeune homme ne sera pas inquiété.

L'avocat de l'émission, Marc Geiger, tient à préciser que même si les agressions au GHB ne sont pas prouvables, il importe de les dénoncer systématiquement, ce qui peut permettre à la police de recouper avec d'autres victimes. L'avocat rappelle au passage que l'acte de faire ingérer une substance toxique telle que le GHB est passible de cinq ans d'emprisonnement et qu'il s'agit d'une circonstance aggravante en cas de crime sexuelle.

Continuer à vivre

Outre le fait qu'il lui a permis de combler les trous de sa soirée, cet appel à témoins sur les réseaux sociaux a vraiment aidé Margaux à digérer son agression. On l'a écoutée, on l'a crue, on lui a apporté du soutien. Surtout, il lui a permis de se rendre compte de l'ampleur du phénomène : de nombreuses jeunes filles lui ont écrit pour partager leur terrible expérience avec le GHB. Certaines n'ont pas eu sa chance et ont été abusées sexuellement. C'est la raison pour laquelle Margaux a voulu communiquer, dans la presse et sur le plateau de « Ça Commence Aujourd'hui », une manière de s'approprier cette horrible parenthèse de sa vie et aussi d'alerter les autres jeunes femmes.

Quelques mois se sont écoulés, Margaux reste positive. Elle entend bien continuer de mener sa vie de jeune fille, sortir, voir ses amies, s'amuser, mais elle redouble de vigilance. Même quand elle se sent en confiance, elle ne perd jamais son verre de vue et garde systématiquement sa main posée dessus. Il va sans dire qu'elle n'accepte jamais un verre d'un inconnu. Pour sa mère, en revanche, le traumatisme est encore vif. Depuis l'« incident », elle est très protectrice ; *trop*, selon Margaux... Alors elles ont trouvé une solution : elles ont téléchargé une application qui permet à sa mère de la localiser à tout moment.

Note de l'éditeur : Certains prénoms ont été modifiés pour préserver l'anonymat des personnes concernées.

Monique

Au-delà de la vie

Émission du 5 octobre 2021

Dans le bonheur et dans les épreuves, dans la santé et dans la maladie, Monique a été présente au côté de son époux, Jean-Louis. Jusqu'au dernier souffle de ce dernier, qu'ils ont eu la chance d'accueillir ensemble, entourés de tous leurs proches. Atteint d'un cancer foudroyant en 2020, Jean-Louis a décidé de devancer la mort en demandant l'euthanasie, légalisée depuis 2002 en Belgique. Comment traverse-t-on cette épreuve si particulière en tant qu'épouse ? Comment comprendre et accepter une telle décision ? Dans cette émission, ces instants qui restent gravés à jamais, Monique partage avec nous quelques pages de son histoire : la vie de couple sans nuages, la maladie, le poids d'une décision irrémédiable mais aussi la beauté d'un instant d'une intensité extrême. À travers le témoignage de Monique, une histoire d'amour et de résilience, un plaidoyer vibrant en faveur de la mort assistée sans en occulter les aspects douloureux.

Une histoire d'amour

Tout commence en 2005 dans un couloir d'hôpital. Monique est âgée de quarante ans. Enseignante à l'école infirmière, elle vit à Liège en Belgique. Alors qu'elle accompagne sa fille qui a des problèmes cardiaques à Bruxelles pour un examen médical, elle engage la discussion avec un homme, Jean-Louis – tout le monde l'appelle « Jean-Lou ». Ce dernier, âgé de cinquante-cinq ans, est greffé du cœur et son témoignage intéresse Monique. Afin d'approfondir la discussion et dans une optique purement professionnelle, Monique prend ses coordonnées. Accepterait-il une interview à l'occasion ?

La fameuse interview n'a lieu que trois ans plus tard, en 2008. Dans le café où Monique et Jean-Lou se retrouvent, la conversation outrepasse rapidement le domaine médical. Leur complicité est instantanée. Le temps d'un café, ils sont tombés amoureux, tout simplement. Un mois plus tard, ils emménagent ensemble et la cohabitation renforce encore leur certitude : ils sont faits l'un pour l'autre et décident de se marier.

En 2016, le couple s'installe sur la côte belge. Monique a quitté ses fonctions d'enseignante et exerce à présent à l'hôpital en tant qu'infirmière. Jean-Lou quant à lui est retraité. Loin de leurs anciens amis et de leurs enfants – ceux-ci sont grands –, le couple peut enfin écrire une nouvelle page, leur page à eux. De nouveaux amis, des soirées, des voyages, de longues balades avec leur chien, des rires et beaucoup de bienveillance... Le moins que l'on puisse dire, c'est que leur vie de couple est parfaitement épanouie. Rien ne semble pouvoir entraver leur bonheur. Pourtant la santé de Jean-Louis est fragile et l'âge n'arrange rien. En mai 2020, au sortir du premier confinement, Jean-Louis débarque un jour en panique à l'hôpital où travaille Monique... il urine du sang.

Le ciel s'assombrit

Aux urgences, Jean-Lou subit des examens. Le 28 mai, le verdict tombe, il s'agit d'un cancer de la vessie de stade 2. Ce genre de cancer peut se soigner s'il est détecté suffisamment tôt. Le problème, c'est que Jean-Louis est greffé cardiaque. La chimiothérapie est donc exclue d'emblée. Après délibération, les oncologues décident d'opérer Jean-Louis. L'opération se déroule sans encombre.

Cependant, moins d'un mois après son retour de l'hôpital, Jean-Lou se réveille en pleine nuit avec une drôle de sensation : celle de perdre une jambe… Retour aux urgences. Du fait de son nouveau traitement, il a dû arrêter les anticoagulants et une artère s'est bouchée. Pour sauver sa jambe, Jean-Lou doit subir une opération lourde. À ce moment-là déjà, l'éventualité de sa mort est abordée sans tabou au sein du couple. Jean-Lou sait ce qu'il veut et ce qu'il ne veut pas. Plutôt mourir que de vivre un simulacre de vie dans un corps qui ne répond plus ! Il va au bout de ses convictions en remplissant des papiers autorisant son euthanasie en cas de complications telles qu'un coma.

Par bonheur, l'opération se passe bien. Mais si la jambe est sauvée, le cancer lui est toujours là. Scanner, IRM et examens divers font désormais partie du quotidien des époux. Jean-Lou garde le moral, il ne souffre pas et ses chances de survie demeurent importantes. Cependant, le 15 juillet, tout bascule. Des métastases osseuses sont apparues en l'espace de trois semaines. Un vrai coup de massue car aucun traitement n'est plus envisageable. Jean-Lou se sait condamné. Il se laisse aller.

La décision de Jean-Lou

C'est un cancer foudroyant qui s'abat sur le corps de Jean-Lou. À peine deux semaines plus tard, le voilà admis en soins intensifs. Il connaît un bref répit de quelques jours et semble reprendre du poil de la bête, mais les médecins ferment vite cette petite fenêtre d'espoir. C'est fini. D'ici quatre, cinq, peut-être six mois, Jean-Lou va mourir. En attendant il recevra des soins palliatifs.

Alors que son corps se dégrade à une vitesse fulgurante, son espérance de vie se réduit comme peau de chagrin. On ne parle plus de mois mais de semaines, puis de jours… Bien que parfaitement conscient, Jean-Lou est en proie à une souffrance épouvantable. Le dimanche 9 août, quand les médecins lui proposent de nouveaux soins, Jean-Lou prend une décision radicale : « STOP, on arrête, je veux mourir dans la dignité, je demande l'euthanasie. »

Cette décision, sa décision, ce n'est pas une désertion face à l'adversité, mais plutôt une ultime revanche sur la maladie : « Je n'ai pas pu me battre contre ce fichu cancer, laissez-moi montrer à ce cancer que c'est moi qui choisis quand je m'en vais. »

Si l'euthanasie est légale en Belgique depuis 2002, elle demeure rigoureusement encadrée et limitée à de rares cas[1]. D'abord, la personne qui formule une telle demande doit se trouver « dans une situation médicale sans issue et faire état d'une souffrance physique ou psychique constante et insupportable qui ne peut être apaisée et qui résulte d'une affection accidentelle ou pathologique grave et incurable ». Concernant Jean-Lou, le doute n'est malheureusement plus permis. Ensuite, la personne doit être « dotée de la capacité de discernement et être consciente au moment de sa demande. Celle-ci doit être formulée de manière volontaire, réfléchie et répétée », une déclaration écrite s'impose. Dans l'état où se trouve Jean-Lou, ce n'est pas une mince affaire. Il lui faut quinze minutes pour rédiger les quelques mots qui permettront sa délivrance : « Moi Jean-Lou, je demande l'euthanasie active. »

1. Loi du 28 mai 2002 relative à l'euthanasie, art. 3.

La décision est actée. L'euthanasie se déroulera le 11 août à 18 heures.

Quarante-huit heures. Il reste quarante-huit heures à Monique pour dire adieu à son époux.

Les derniers instants

J-1 : le lundi 10 août, Jean-Lou et Monique le passent tous les deux. Jean-Lou est très diminué, mais il conserve toute sa lucidité et ils ont la chance de pouvoir discuter plusieurs heures, l'occasion de se repasser le film de leurs douze années de vie commune, de se redire leur amour, de se dire pardon aussi pour les blessures infligées de part et d'autre. C'est une conversation riche, à la fois belle et très dure au cours de laquelle Monique s'efforce de ne pas fondre en larmes. Enfin Jean-Lou formule ses derniers souhaits : celui de la voir vivre pleinement après sa mort : « Tu es encore jeune. Tu dois refaire ta vie. »

À ce stade, Monique ne veut rien entendre. Elle qui vient tout juste de perdre son père… ne sait même pas si elle pourra survivre au départ de son mari. Mais Jean-Lou se montre confiant. « Je sais que tu seras forte, tu es plus forte que tu ne le crois. » Tandis qu'il s'endort à son côté, elle prend conscience qu'il s'agit de leur dernière nuit ensemble.

Le jour J : malgré sa maigreur, Jean-Lou affiche un visage serein à son réveil. Aujourd'hui, c'est le jour de sa délivrance. En concertation avec Monique, il a souhaité partager ses derniers moments avec tous ses proches, enfants, neveux nièces et amis. Mais pas question de pleurer pour son dernier voyage, au contraire, il veut rire et célébrer la vie ! Parce que la mort en fait partie. Notre culture qui cherche sans cesse à occulter la mort semble l'avoir oublié… Du saucisson, du fromage, et même de la bière, c'est une véritable fête qui s'organise dans la chambre de l'hôpital en cette journée d'août caniculaire. En dépit de la situation sanitaire, l'hôpital a accepté de fermer les yeux.

À midi, les premiers invités débarquent. L'ambiance est joyeuse, ça rigole, ça boit un peu… Jean-Lou prend aussi le soin d'échanger avec chacun pour donner ses ultimes recommandations, demander le pardon, notamment celui de ses enfants avec lesquels il entretient une relation complexe. L'après-midi se déroule dans la bonne humeur générale.

17 heures. L'heure fatidique approche. Jean-Lou demande à fumer un dernier cigare dehors. C'est le fils de Monique qui l'aide à enfiler son short.

Certes il va mourir dans moins d'une heure, mais il ne va tout de même pas aller fumer en slip ! Puis, après les rires, le temps de la gravité. Le silence se fait dans l'assemblée tandis que le médecin pénètre dans la chambre, muni d'un plateau sur lequel sont disposées les diverses injections. Ce n'est pas un silence de gêne, plutôt celui du recueillement. « Tu ne pars pas en laissant un fond de bière dans ton verre quand même ! » lance soudain le fils de Monique. Nouveaux éclats de rire. Lentement, Jean-Lou se redresse et s'empare de son verre. Bon vivant jusqu'au bout, il le vide d'un trait et le pose sur la table de chevet. Cette fois, c'est vraiment la fin. Non, il ne souhaite pas se rétracter. Il est prêt.

« Au revoir », dit le médecin en lui injectant le premier produit qui doit l'anesthésier. Alors, tous en chœur s'écrient « Jean-Lou, je t'aime, on t'aime », et lui leur crie en retour « je vous aime tous beaucoup » avant de fermer les yeux. D'autres injections suivent pour accélérer l'arrêt du cœur. Dans sa main, Monique sent celle de son époux ramollir peu à peu. Puis, une vingtaine de minutes plus tard, dans un dernier souffle que tout le monde entend distinctement, Jean-Lou s'éteint. Il est 18 h 25.

Ces instants, aucun des invités présents ce jour-là ne pourra jamais les oublier. Dans l'étroitesse de cette petite chambre d'hôpital, il y a tant d'émotions en circulation que l'on croirait sentir des vibrations dans l'air. C'est tout l'amour d'une vie qui semble s'être soudain libéré, comme le bouquet final d'un feu d'artifice. C'est beau. Infiniment triste mais beau. Les membres du personnel hospitalier sont eux aussi bouleversés.

Le temps du deuil

Assurément, Jean-Lou a eu une belle mort. Si Monique a souhaité participer à l'émission « Ça Commence Aujourd'hui », un an après le décès de son époux, c'est avant tout pour défendre et clamer le droit à mourir dans la dignité qui n'est pas encore accordé en France : « C'est une grande chance que nous avons en Belgique, de pouvoir choisir quand on peut partir si on le désire. Pourquoi accepter la souffrance plutôt que de mourir dans la dignité, quand on le décide ? »

La beauté de cette fin ne signifie pas pour autant l'absence de chagrin. Après le décès de Jean-Lou,

Monique s'est effondrée. Le deuil a été d'autant plus difficile que quelques semaines plus tard, elle a perdu sa mère. Une mort brutale. Cette fois, Monique n'a pas pu dire au revoir… En trois mois, elle s'est retrouvée veuve et orpheline !

Puis les mois ont passé, le printemps est revenu, le temps du renouveau : c'est le moment que Jean-Lou avait choisi pour qu'on répande ses cendres, un moment extrêmement triste mais libérateur, à l'issue duquel Monique a voulu aller de l'avant. Bénéficiant de la retraite de son mari, elle a décidé d'arrêter de travailler pour accueillir pleinement le deuil et se consacrer aux projets qu'elle n'avait pas eu le temps de réaliser.

Depuis l'émission

Parmi ces projets, la réhabilitation d'une chambre de son appartement afin de la mettre en location. Bien vite éprise de son locataire, Monique a cru refaire sa vie avec lui, mais son nouveau compagnon – un homme très fragile et cabossé par la vie – s'est suicidé après quatre mois de vie commune. C'en était trop pour Monique. Elle s'est coupée du monde, s'est mise à boire, elle a perdu beaucoup de poids.

Lors des fêtes de fin d'année, un ami très cher et ses enfants ont réussi à la convaincre de quitter son appartement – trop de souvenirs douloureux entre ces murs. Monique a alors pris une décision radicale : tout vendre, tout quitter, et sillonner les routes de France avec son chien. Son ambition : les chemins de Saint-Jacques-de-Compostelle ! En préparant son expédition, elle a fait la connaissance d'un homme, Lionel, sur un groupe Facebook. Il cherchait des compagnons de marche, et Monique est allée à sa rencontre via Messenger. Par écrans interposés, de confidences en confidences, une amitié a éclos. Un jour Lionel lui a fait une proposition étonnante : pourquoi ne viendrait-elle pas poser ses valises dans son mas familial en Provence, le temps de se ressourcer ? Lionel l'a prévenue : c'est une belle maison qui appartient à sa famille depuis plusieurs générations, mais elle n'est pas en bon état. Seul, il peine à l'entretenir…

Dès son arrivée au mas, situé au pied du mont Ventoux, Monique a su qu'elle avait trouvé son nouveau foyer. Cette maison, elle en est tombée amoureuse instantanément, et c'est tout naturellement qu'elle s'est mise à la réhabiliter, nettoyant chaque pièce, restaurant minutieusement les meubles anciens. En la réparant, c'est comme si elle se réparait elle-même. Il n'est rien de tel que le travail manuel pour soulager les peines de l'âme ! Dans la beauté des montagnes et de la nature environnante, dans la sobriété des pierres ancestrales, Monique a enfin trouvé l'apaisement…

Lionel, c'est bien plus qu'un colocataire, c'est son frère de cœur. Dans le mas, Monique est à présent tout à fait chez elle et reçoit sa famille, enfants, neveux et nièces, à sa guise. En dépit d'une maladie des muscles qui la fait souffrir depuis des années, elle n'a pas abandonné son projet de marche sur les chemins de Saint-Jacques. L'expédition est prévue au printemps prochain !

Remerciements

Nos remerciements les plus sincères :

À la grande famille de « Ça Commence Aujourd'hui », à tous nos invités depuis 6 ans, et à ceux qui nous ont fait confiance pour cet ouvrage.

À vous tous, chers fidèles téléspectateurs, avec lesquels nous partageons tant de valeurs.

À nos spécialistes, pour la justesse de leur expertise et leur bienveillance envers nos invités : Christèle Albaret, Florence Escaravage, Natacha Espié, Florian Ferreri, Marc Geiger et Laurent Karila.

À Aude Pavani, productrice adjointe de l'émission et toutes les équipes éditoriales et techniques. Parmi eux, un merci particulier à Corinne Biesse, Caroline Mouveaux, Valérie Tison, Cynthia Péchot, Margaut de la Rochebrochard et Benoit Chevrier.

À Eve Ewing, Lauriane Chouraqui et Julien Grossot pour leur soutien au quotidien et particulièrement tout au long de ce projet.

Aux équipes de France Télévisions, notamment Nicolas Daniel, Fabienne Barollier, Caroline Bestory et Sophie Martin.

Aux équipes de HarperCollins : Emmanuelle Bucco-Cancès, Caroline Lamoulie et spécialement Mathieu Johann.

À notre productrice Stéphanie Guérin, qui porte l'ensemble de l'émission avec cœur.

Enfin à Faustine, qui nous incarne tous avec tant de sincérité.

Composé et édité par HarperCollins France.

Achevé d'imprimer en octobre 2022.

CPI

FIRMIN-DIDOT

à Mesnil-sur-l'Estrée (Eure)

Dépôt légal : novembre 2022.

Pour limiter l'empreinte environnementale de ses livres, HarperCollins France s'engage à n'utiliser que du papier fabriqué à partir de bois provenant de forêts gérées durablement et de manière responsable.

Imprimé en France